A UNIÃO DAS COREIAS

A união das Coreias
Luiz Gustavo Medeiros

Copyright © 2024 Luiz Gustavo Medeiros
A união das Coreias © Editora Reformatório

Editor
Marcelo Nocelli

Revisão
Marcelo Nocelli
Natália Souza

Imagem de capa
Wolney Fernandes

Design e editoração eletrônica
Negrito Produção Editorial

Dados Internacionais de Catalogação na Publicação (cip)
Bibliotecária Juliana Farias Motta (crb 7/5880)

Medeiros, Luiz Gustavo
   A união das Coreias / Luiz Gustavo Medeiros. – São Paulo: Reformatório, 2024.
   152 p.: 14 x 21 cm

   isbn 978-85-66887-91-4

   1. Romance brasileiro. 1. Título.

m488u   cdd b869.3

Índices para catálogo sistemático:
1. Romance brasileiro

Todos os direitos desta edição reservados à:

Editora Reformatório
www.reformatorio.com.br

*Eu penso nessas ilhas perfumadas
mas o caminho de volta eu só conto
a este urubu em carne viva
que grasna na sacada*

Roberto Piva
(trecho do poema "A Coreia é na esquina")

Entrada – Manhã

Goiânia não combina com literatura, Rebecca escreveu no primeiro balão de comentários do Word, o trecho destacado já no primeiro parágrafo, *é tanta letra e tanto número que parece mais fórmula química do que rua rsrs,* ele relembra enquanto gira a aliança no dedo da mão direita como quem gira o trinco de uma porta. Não tira os olhos da rachadura no piso de cerâmica cinza com bolinhas pretas que parece chuvisco de tevê velha; quer passar o dedo, sentir a textura, talvez arrancar o pedaço solto e tocar também a argamassa, como faria um comissionado ocioso do terceiro ou quarto andar, um daqueles consultores carcomidos que vivem perambulando por aí preocupados com bobagens como o dispenser de copo descartável estragado ou a posição de um vaso de planta artificial. Mas deixa pra lá – preguiça de levantar da cadeira e medo de perder o fio de uma meada que, ainda que perturbe, precisa ser puxado para sabe-se lá o quê, perdoar a si próprio?, aliviar a consciência?, nem ele sabe. Respira fundo – a teimosia das lembranças; ergue a cabeça para preparar a postura e falar a frase que julga bonita, *a teimosia das lembranças,* um bom título – e então solta um riso estranho misturado com muxoxo, *só de pensar que, por pouco, não comprometi um futuro estável por uma aposta tão,* um cochicho quase mudo para ver se perde, por pelo menos um minuto, o fio da mesma meada que, ainda que precise ser puxado, perturba muito mais do que ele gostaria.

Outra frase desponta – *eu não teria coragem de* – até que o solilóquio é cortado pela chefe que chega animada, falando alto, ostentando uma alegria incompatível com a primeira hora de trabalho, parecendo palestrante motivacional, como se o trabalho fosse mais do que só um meio de pagar contas, comprar coisas, *ué, noivou?,* e ele responde sem dizer nada, sorriso controlado, sem dentes, para impedir o prolongamento da conversa. A chefe, que não é exatamente minha chefe, esclarece para si mesmo ao receber o abraço dela – e ele tenta aprimorar o sorriso, aumenta a curva dos lábios até sentir a polpa das bochechas perto dos cílios –, mas uma servidora aprovada no mesmo concurso, pro mesmo cargo, e que foi escolhida como gestora porque, afinal, alguém tem que gerir, e é melhor que o escolhido seja o colaborador mais bajulador do Departamento, um desses que gostam de puxar assunto com perguntas como: será que vai chover?, você tá de dieta?, onde vai passar o réveillon?. Uma Assistente Administrativa com muitos anos de casa, bom humor insuportável, gratificação não tão expressiva no contracheque – é o que ele quer acreditar, mesmo sabendo que o valor dá quase a metade da mixaria de pouco mais do que dois salários mínimos que recebe – e muitas dores de cabeça a mais. Insultos pequenos para preservar a autoestima, ele sabe disso, mas insiste mesmo assim, quer fingir que se convence de que a recompensa não vale o esforço e que o cargo pode ser seu a qualquer momento, basta bajular.

Um abraço afetuoso, hospitaleiro, ele diria, se precisasse descrever. Ao pé do seu ouvido, a chefe discursa – promessas de futuro próspero com a pretensão de uma maturidade que ela sequer tem, é só dois anos mais velha do que eu, tem a mesma idade da Rebecca, embora casada desde os dezenove, se não me engano –, o tom começa aberto e se fecha ao final de cada frase, como conselho que se presume indispensável – e, involuntariamente, feito sintoma de doença nova, ele se recorda da tarde da última quarta-feira, quando noticiaram a alta do Bolsonaro e a chefe disse que não conseguia entender *como pode alguém ainda votar no PT depois dessa facada?, o partido deveria ser extinto, e o pior é que tem quem diga que foi fake, já nos tiros que ninguém viu contra a caravana do Lula eles acreditam piamente né,* a imprecisão aumenta quando ela se arrisca a falar de política, *mas, com a graça de Deus, ele sobreviveu,* como se compartilhássemos do mesmo alívio. *A religião é uma expressão frouxa da psique humana e não requer uma base sólida de sustentação pra quem crê,* Rebecca enviou no WhatsApp, quando as conversas entre eles ainda ocupavam todas as horas do dia, *por isso basta um bom slogan e uns versículos bíblicos pras ovelhinhas taparem os olhos*, pouco depois de falar da família em um áudio longo, *é a palavra prevalecendo à ação, vê só como escritores são poderosos?*, o discurso que o assessor escreve é mais importante que a educação que a mãe dá, quando se trata de eleger um presidente, e, ao se desvencilhar do abraço, ele idealiza a chefe e a Rebecca com dezenove anos, uma ao lado da outra, como dois totens em um museu: uma de vestido de noiva, véu e grinalda de pérolas falsas sobre um meio coque, e a outra de cabelo laranja, tênis da Vans e camiseta do The Jesus and Mary Chain com mangas rasgadas.

Dezenove é a idade que a mãe dele também tinha quando se casou com seu pai, que tinha vinte e quatro ou vinte e cinco, em um cartório no Setor Campinas. *Foi bem simples, filho, só eu, teu pai, a Teresa e o Aldo, lembra dele?, foi ele quem arrumou emprego pro teu pai aqui,* ouviu tantas vezes aquela história mas, mesmo assim, de tempos em tempos, voltava a perguntar por ela, a mãe gostava de contar, ficava palavrosa de tanta saudade; como a chefe agora, ele compara, ainda que esse discurso não queira ouvir. *A gente tirou as fotos no coreto da Praça Joaquim Lúcio, bom que não tinha tanta gente, foi numa segunda-feira de manhã, quer ver as fotos?*, e ele dizia *sim* todas as vezes. A mãe, então, trazia e recontava a história de cada registro, *essa aqui, com a Teresa e o Aldo, foi um guarda mal-encarado que tirou, ele olhou desconfiado pra mim e pro teu pai, assim* ó – fazia uma carranca com o rosto franzido e um biquinho engraçado –, *por um tempão, depois que o Aldo contou que a gente tinha acabado de casar; acho que ele nunca tinha visto uma preta como eu de mão dada com um branco azedo igual teu pai; já essa aqui o Aldo tirou sem avisar; essa eu tô rindo desse jeito porque teu pai disse antes: Leninha, se tu treinasse a seleção com esse vestido, o Zico acertaria aquele pênalti só pra não te ver triste; não sei se eu já te disse isso alguma vez, já?*, e ele assentia balançando a cabeça, para que ela não se decepcionasse com sua reação discreta diante de uma história que ouviu tantas vezes, *nessa teu pai tá com essa cara de poucos amigos porque um rapaz tinha passado dando tchauzinho pra mim; e tem aquela, da mesa de cabeceira, que é a que mais gosto, a gente abraçado, de frente um pro outro, sem olhar pra máquina* – apesar da pouca paciência para o otimismo típico dos votos de felicidade, ele resolve se concentrar no discurso da chefe por ser uma tortura menor; é que até uma lembrança boa como a de um fim de tarde vendo álbum de fotografias antigas com a mãe pode ser uma tortura.

Mas otimismo é sempre bem-vindo nos momentos limítrofes – o noivado é um desses momentos; é como um acampamento na fronteira, enquanto o casamento é o outro lado, o outro país, o outro que não ele, poderia divagar, mas ainda pensa no feedback da Rebecca. *Já o Rio de Janeiro combina com literatura, tem aquele ar de belle époque das francesas da Rua do Ouvidor hahahaha*, Rebecca escreveu ainda no primeiro balão, um entusiasmo deslocado, *muito ha pra pouca graça*, disse ao André, seu melhor amigo, *e um pouco pedante; será que ela quer me impressionar?*, atrás de um respaldo para a hipótese do comentário incluir um flerte – André não respondeu, só olhou para o lado, riu e suspirou num tom sardônico de desaprovação.

Conheceu André no começo da graduação, numa disciplina de Núcleo Livre sobre a "Genealogia da Moral", do Nietzsche, um estudante de Direito que lê mais do que um de Estudos Literários, ele chegou a debochar de si mesmo quando os dois se reuniram para planejar a apresentação da Primeira Dissertação; André é quase sempre franco e assertivo – e isso faz com que ele, às vezes, se sinta ridículo diante do amigo e, mais ainda, grato por se sentir assim –, mas também é extremamente acessível, pontual e nunca recusa um convite – e ele tenta prever a reação do André ao seu noivado, bem diferente da chefe, não mais que três ou quatro frases, uma ironia sutil, um tapinha no ombro e um elogio caloroso à Duda e à minha decisão. A chefe discursa e ele se repreende em silêncio: Goiânia não combina com literatura – eu poderia ter citado Nova Iorque, as ruas numeradas, Salinger, será que ela leu Salinger?, mas também soaria pedante, e eu nunca li Salinger. Outro sorriso – agora de dentes expostos, ostensivamente cínico mas socialmente adequado –, um *obrigado* obrigatório antes da chefe pedir licença para ir ao banheiro e, de novo, a solidão tão adorável – e a retomada do solilóquio: *eu preciso ler Salinger*, um retorno a si mesmo; e à Rebecca.

Você falou alguma coisa?, a chefe pergunta ao se sentar depois de voltar, *achei que você tinha falado alguma coisa*, ele nega e ajusta a altura da cadeira, abre o Portal Interno, acessa a pasta de requerimentos novos e finge trabalhar – a chefe deve estar fazendo a mesma coisa agora, ele tenta espiar seu monitor pelo reflexo do vidro da janela atrás da mesa, mas não consegue. Imagina várias abas da Wish abertas; calças, blusas, vestidos, lingeries e até corpetes para afinar a cintura e realçar a bunda que já é imensa; e tenta espiar mais uma vez, querendo que ela se levante, que tenha esquecido de fechar a braguilha, e que vire de costas, fique na ponta dos pés e estique o braço para checar a potência do ar-condicionado; bunda empinadinha e um filete da barriga à mostra. As francesas da Rua do Ouvidor não deviam ter uma bunda como a dela, ele encobre o riso com um pigarro e volta a pensar no feedback de quase quatro meses atrás, nas letras e números das ruas que podem até não combinar com literatura, mas combinam com Goiânia, já que nada representa melhor – ou pior – a cidade do que o Césio 137, aquele pozinho brilhante que fez todo mundo ter medo dos moradores da cidade mais radioativa do Brasil, *um taxista me expulsou uma vez, lá no Rio, quando falei que morava aqui*, ele lembra do pai comentar, gesticulando agitado, cigarro entre os dedos riscando o ar com a fumaça, *e seus tios achavam que você nasceria todo sequelado,* e ria aquele riso rouco e escarrado, a alegria de quem comeu umas duas putas na semana.

Das ruas do Rio de Janeiro vinham as senhas para as dezenas de e-mails que a mãe tinha porque, diferente da maioria das pessoas, ela não esquecia a senha, mas o endereço do e-mail mesmo. *Faz no Gmail dessa vez, Gmail é o melhor, todo mundo tem Gmail,* foi como ela pediu na última vez, *a senha pode ser Glicério, tudo maiúsculo.* Glicério, Polidoro, Lafaiete, Riachuelo – que antes se chamava Matacavalos, e ele se queixa de não ter lembrado disso enquanto ainda podia falar com Rebecca porque certamente renderia boas risadas, ela falaria alguma coisa de Dom Casmurro e diria: viu?, não é muito mais bonito do que letras e números?, sorry, mas Goiânia realmente não combina com literatura –, Tonelero, Haddock, Voluntários, uma lista de nomes que remetem a batalhas, políticos, militares e que parecem, agora, tão pior que os números, os tês, cês, dês; é o período de eleição, e ele ri girando a cadeira de um lado a outro, pensando em falas para impressionar Rebecca, mesmo sabendo que nunca serão ditas e ouvidas, como: a Castelo Branco, por exemplo, é um puta erro, só serve pra reforçar a ditadura como algo positivo; ou então: a Anhanguera, uma das avenidas mais importantes daqui, é uma homenagem a um racista, prefiro letras e números, Nova Iorque é quase toda assim, você já leu DeLillo?, você precisa ler DeLillo; e ela poderia não concordar, supõe, mas não contestaria e nem perguntaria do DeLillo – e ele não precisaria confessar que nunca leu – para não passar a impressão de ser uma leitora inexperiente – que é o adjetivo que a chefe usaria para classificá-lo, se precisasse, porque depois de ouvir: *a vida a dois é difícil* e *vai ter hora que você vai se questionar querer voltar atrás*; *com o tempo você vai ver que o tempo cura tudo*; *mas as amigas mais velhas estão aqui pra ajudar quando precisar é só chamar*, só faltou um memorando para ela oficializar de vez sua inexperiência.

Sente um desafogo imenso quando a chefe sai para comprar pão de queijo no Peg Pag da 11ª Avenida e elabora mais falas que nunca serão ditas, pensa num complemento para desfazer o mal-estar que a menção ao general e ao bandeirante poderia causar pois, toda vez que conversa com brancos – *o que é quase sempre*, balança a cabeça concordando com a observação, e começa a contar nos dedos com quantas pessoas pretas além dos caixas de supermercado, dos porteiros e do zelador do prédio, das faxineiras e dos seguranças do Conselho, conversou ao longo do ano – e surge algum tópico sobre racismo, fica com medo de afugentá-las como se qualquer comentário antirracista feito por ele fosse visto como uma intimidação; poderia falar: viu?, Goiânia combina com literatura sim, *acho que ela me chamaria de idiota mas riria*, diz numa voz alta, distorcida pelo pigarro de um riso alegre, inventando uma cena em que Rebecca não só riria, mas lhe daria um empurrão bem leve depois de chamá-lo de idiota, a chefe já fora da sala, *mas idiota mesmo é ficar imaginando tanta coisa inútil.*

Durante a infância e a adolescência, racismo para ele era coisa de filme americano, de nazista, Ku Klux Klan, skinhead, apenas se dava pelo ódio e pela violência física – e a reação não podia ser outra que um medo digno de borrar calças. A palavra racismo só era usada mesmo para apontar ações extremas, de preferência por homens rosados de tão brancos, de cabelos e olhos claros, e nunca por mulheres – o estigma de Virgem Maria: a presunção ingênua de que existe, na mulher, uma pureza inata e incorruptível. É por isso que, quando via alguma suástica gravada com estilete na carteira da sala de aula ou quando um amigo reclamava de dividir o colete com ele na aula de Educação Física, nunca sentia esse tal medo – e medo, ele divaga, te leva a reagir covarde ou corajosamente, e o que eu sentia quando alguém me ofendia, era só tristeza, uma vontade de sumir pra voltar depois em outro corpo, branco como os deles. Entendia o racismo como um ódio eugenista – ainda que não ligasse o sentido ao termo – e o racista era alguém para não só se manter longe, mas muito longe, para ver e sair correndo, com as calças borradas, até não ver mais, como um temporal que pega a gente desprevenido, no meio da rua, e a gente corre, corre, até achar um toldo, uma marquise, um teto. Nunca pensou em fugir dos amigos, nem quando recusaram sua participação no grupo da feira de ciências sobre o Império Romano – a maioria pediu desculpa e ele acabou culpando o tema; *você nem é tão escuro assim*, um dos seus melhores amigos tentou apaziguar, *por mim você ficava*, ele respondeu: *tá tudo bem*, e os dois continuaram a bater bafo, *quinou três é minha*, o amigo pegou a figurinha do chão e ele perdeu sorrindo, o pensamento longe, um esforço idílico para ver virtude na pele que poderia ser mais escura mas não é. Investiram na produção, improvisaram uma abóbada de lona, alugaram colunas de gesso, túnicas e coroas de louros, porque o melhor grupo ganharia uma viagem para passar o final de semana no Hot Park, em Caldas Novas, para onde sempre quis ir, mas os pais desdenhavam, *qual a graça de ficar cozinhando na água quente no calor?*, e ele nunca soube como convencê-los de que toboágua pode ser mais divertido que Copacabana ou Barra da Tijuca – só conheceu Caldas Novas no primeiro réveillon com Duda, embora tenha ficado a maior parte do tempo na mansão de um amigo da faculdade dela, filho de fazendeiro, *o pai é pecuarista e plantador de milho, então dá pra entender,* ela disse, entre risos de contemplação, enquanto o portão gigantesco da garagem abria; mas Duda evitou reparar demais, como se quisesse conter a empolgação, talvez para não entregar que um dia passou por dificuldades e teve que vender sanduíche natural no campus depois que o pai perdeu o emprego e o salário de auxiliar de enfermagem da mãe não pagava nem as xerox dos textos das disciplinas. *Vai estragar a coesão do grupo,* disse um deles, *nem se o Paulo Henrique passar maquiagem vai parecer um romano,* o mais arrogante, o que ficou com a maior parte das falas, o único dos colegas que tinha um relógio de ponteiro com pulseira de couro, que falava empolado, usava palavras como possessa; o almofadinha dizia, no alto de seus doze anos: *ela ficou possessa,* quando se referia a alguma bronca que a professora deu na turma, e ele lamenta não ter dito nada, *ainda parabenizei o desgraçado quando venceram*; uma postura que finalmente ficou no passado – *passado recente*, ele admite, *a mudança veio numa matéria sobre literatura de autoria preta feminina no Brasil, no segundo semestre do doutorado*, e pondera se Rebecca iria gostar dessa história, dessa tomada de consciência através da literatura; não sei, acho que não, acho que ela criticaria o atraso.

É que parece mais fácil tolerar um branco do que um preto sem consciência racial, o que não deixa de ser uma característica da branquitude, ele avalia, orgulhoso da menção a um conceito que conheceu não tem muito tempo, assim como é mais fácil tolerar um branco que faz preenchimento labial do que um preto que faz rinoplastia pra afinar o nariz, segura o riso, não quer ver graça em um assunto tão delicado, lembra do que Rebecca disse, pelo Instagram, uma resposta à notícia que ele tinha postado no stories – uma faculdade demitiu um professor que disse, em sala de aula: *não existe racismo no Brasil;* e, segundo a notícia, ainda tentou tocar no cabelo de uma aluna à força dizendo: *sempre quis tocar no cabelo de uma negra* – na manhã seguinte à noite em que se conheceram, *é isso, eles nem se dão conta*, e ele riu, quando leu, mais uma branquela que acredita que os pretos precisam se certificar de que não estão diante de um racista pra poder baixar a guarda e conversar normalmente – o que, talvez, até seja verdade, especula, agora, enquanto lê as diligências dos processos pendentes, mas sem movimentá-los, *uma vez, na casa dos meus pais,* ela continuou, dessa vez por áudio, *a gente tava assistindo ao Jornal Nacional e apareceu aquela mulher da previsão do tempo, negra, linda, super simpática, não lembro o nome dela; e aí minha mãe falou que não gosta dela, que não vai com a cara, que ela é muito metida; dá pra acreditar?*, e ele cogitou responder com um texto longo, usar termos como colonialismo e branquitude, que estavam frescos na memória, mas achou que soaria pedante e agressivo; porque também tem isso, faz outra avaliação e se sente ainda mais orgulhoso: preto com consciência racial demais se torna pária. Ou, o que é pior, pode ser visto como um vitimista – os olhos na aliança e a cabeça retomando uma fala da Duda sobre cotas, *acho que só deveria ter pra alunos de escola pública,* uma fala que ele resolveu lidar de forma pacífica, deu de presente um livro sobre a escravização no Brasil; livro que ele não chegou a terminar, embora tenha colocado na lista de livros lidos do Goodreads.

Decide que está com fome e começa a refletir sobre o modus operandi da fome, para ocupar a cabeça e adiar a consulta aos requerimentos novos e a movimentação dos processos pendentes; a fome é algo que se decide, percebe, sente ou simplesmente tem?, porque talvez a fome não viesse se a chefe não fosse comprar pão de queijo, isso sem falar da Duda que, por vezes, me lembra de comer a cada três horas, *acelera o metabolismo e deixa a gente com mais energia,* e indica a melhor marca de barras de cereal, uma que só acha na Drogasil, que está em quase todas as esquinas. Rebecca dizia a mesma coisa, ele lembra, só que em vez de barra de cereal ela chupava pirulito, um atrás do outro, *meu namorado me enche o saco, diz que vou virar diabética, mas que se foda, o ideal não é comer de três em três horas?*, então, e ele diria a mesma coisa se namorasse com ela, mas preferiu presenteá-la com um saco de pirulitos 7Belo, cinquenta unidades, *só espero que dure o mês inteiro*, quando ela lhe deu carona para irem ao primeiro dia do Festival Bananada, no estacionamento do Passeio das Águas, *você fique bem longe de mim, finge que não me conhece, tá bom?*; é sério, o Flávio vai chegar mais tarde e eu não quero nem olhar pra sua cara lá; *por que sua namorada não vai?*; em Palmas?; *ela viaja muito?*; *entendi*, no que era o nono ou décimo encontro, *mas enfim*; é sério, *chegando lá você me esquece; e na volta chama um Uber porque ele vai voltar comigo e, obviamente, não vou te dar carona*, e a segunda ou terceira tentativa de se tornarem amigos que não se beijam – outra tentativa fracassada, ele ri, *a culpa, como sempre, não foi minha*, e interrompe o giro da cadeira para afiar a memória e tentar recriar a cena em que Rebecca falou alguma coisa para ele no meio do tumulto do show do Dead Fish; ele não ouviu absolutamente nada, apontou para a orelha, ela falou mais alguma coisa, ele repetiu o gesto e ela pegou sua cabeça com as duas mãos, o beijou com força e pressa e, em seguida, desapareceu; e também lembra que o fracasso continuou no dia seguinte, quando foi ao apartamento dela buscar a jaqueta que tinha emprestado para ela se proteger do frio raro de quase doze graus daquela quinta-feira de maio, *o Flávio perguntou de quem era?*, ela não respondeu, disse *toma*, devolveu a jaqueta, deu um beijo não tão forte como o da noite anterior, mas com a mesma pressa, e fechou a porta sem se despedir. Pega a barra de cereal de banana com nozes e damasco e rasga rápido a embalagem para comer antes que a chefe deixe a roda de conversa no pátio e volte para a sala – fiel aos conselhos da noiva, ele crê que executa melhor suas funções de barriga cheia, e é o que faz nos últimos dias: chega na sala, liga o computador, arruma a mesa, abre o site de notícias, se decepciona com elas, despreza a chefe, repara na chefe, pensa na Duda, na Rebecca, come uma barra de cereal e, no limite do atraso, começa a trabalhar ao mesmo tempo em que reclama do desperdício de tempo, que seria melhor aproveitado nos artigos que tem que ler para a tese que tem que escrever.

O título é "A desinvenção do Brasil na Goiás de 'Ermos e Gerais', de Bernardo Élis*"*, enviou à Rebecca, que respondeu com um emoji de monóculo, *investir na carreira acadêmica, nesse país, é pra quem tem coragem, ainda mais em literatura hahaha*, e escreveu também que, do Bernardo Élis, só tinha lido uns contos de uma edição bem velha de seu pai, *pera aí que vou ver se acho aqui*, minutos depois mandou um áudio: *o livro se chama "Veranico de janeiro", tem a cópia do manuscrito de uma carta que o Guimarães Rosa mandou pra ele;*

te empresto se você quiser, e foi o pretexto – somente pretexto, já que ela esqueceu o livro – para marcarem o que seria o quinto encontro. Enquanto Duda quis saber do que se trata a tese, qual a metodologia, a justificativa, o objetivo, Rebecca perguntou: *por que você quer pesquisar isso?* – psicanalista full-time atrás da raiz de todos os comportamentos disfuncionais, e ele ri mastigando o último pedaço da barra de cereal. A verdade é que ele sempre gostou de autores que situam suas histórias nos locais onde vivem, *a ideia de nação, região, de pertencimento a um local, de cultura e identidade, vem da construção simbólica que se dá por meio de diversas camadas da sociedade, dentre elas a arte e a literatura,* isso ele falou para Duda, selecionando bem as palavras, depois que ela leu seu conto e comentou: *se eu fosse você, inventava uma cidade, pra dar um ar mais fantástico* – ele queria dizer que sonhava ser reconhecido como um daqueles escritores que fazem da cidade um personagem; e, para isso, não dispensa os números e os érres, ésses, jotas, tês, cês, dês das ruas, o Césio, e o que for preciso, doa a quem doer; mas depois dos trinta, todo sonho minimamente ambicioso soa ridículo; optou pela resposta conceitual mesmo, pragmática como a Duda, uma verborragia que também serve de carteirada para calar os discordantes.

O misticismo é uma forma de abandono do ser humano à própria sorte, ele ri da frase aleatória – um pouco pomposa, mas bonita, ainda que grande e vaga demais pra um título –, se mexendo na cadeira para retomar os processos virtuais, a conferência de documentos dos engenheiros recém-formados que surgem em profusão das faculdades Brasil afora, de todas as modalidades: presencial, semipresencial e especialmente à distância. Não é raro ele expor à chefe sua indignação com os cursos a distância, a aversão aos exageros tecnológicos – dos quais ele se beneficia para protocolar e movimentar processos sem a presença do requerente –, a humanidade violada, certa vez divagou e esperou um complemento que não veio, *é, mas fazer o que né, meu bem?*, a resposta rasteira sempre acompanhada de um sorriso gentil – esse tratamento é o emblema dos hipócritas, meu bem é a puta que pariu, pensou ao assentir com um *é* comedido antes de tramar o que diria se tivesse coragem.

O misticismo é uma forma de abandono do ser humano à própria sorte, ele agora fala, pausadamente, e se dá conta de que leu a frase em um artigo acadêmico sobre a obra de Guimarães Rosa, *ou do Bernardo Élis*, e vem à mente o prazo estabelecido pelo orientador para a entrega das primeiras trinta páginas da tese – cola um post-it cor-de-rosa; *Tese!*; na parte superior da moldura do monitor. A frase é isca pra qualquer adulto desorientado, ele pensa, inventa outras frases – fé no impalpável, vazio como plenitude, plenitude sem vigor – e recorda, com os olhos na aliança, de um debate acalorado que ele e Rebecca tiveram quando se conheceram, num dos encontros habituais com seus amigos da faculdade de Letras – uns da licenciatura, outros do bacharelado

–, no Shiva, na Alameda das Rosas com a R-18 – sorri imaginando a voz dela alta, feia e fanha, falhando o tempo todo como a de um adolescente: Goiânia definitivamente não combina com literatura. Ela foi de penetra, chegou mais tarde com a Juliana, que a apresentou dizendo *gente, essa é a minha amiga Rebecca, viemos do churrasco de um amigo nosso, ela quis conhecer vocês, disse que vai contar todas as correções gramaticais que a gente fizer aqui;* Rebecca entrou na brincadeira, tirou da bolsa uma caneta e um bloco de notas espiral e a mesa inteira riu, aprovando a forasteira de um metro e oitenta, saia xadrez vermelha e preta, meia calça e moletom também preto com a sequência de Fibonacci em linhas brancas, que sentou do lado dele e se apressou em pedir um copo, já à vontade em meio a tantos desconhecidos. Conversaram sobre felicidade, solidão, questões existenciais, essa coisa de ver luz na própria desorientação, a romantização da desilusão – elabora essa frase no mesmo instante em que vasculha a memória para recompor o momento; um bom título –, e tinha algo de Clarice também, *"Água Viva", eu acho*, porque, claro, tem que ter Clarice numa conversa sobre literatura entre dois recém-conhecidos dispostos a impressionar um ao outro com uma porção de bobagens existenciais – a mesa cheia e os dois como se suspensos em uma gangorra, indiferentes a tudo que não fizesse parte daquele diálogo, *menos à cerveja*, e ele ri, um pouco alto, mas logo se encolhe, como planta sensitiva reagindo ao toque, *ela bebia pra caralho*. Tudo começou naquela noite, ele se permite o clichê, mas a fixação – é, *fixação sim*, e esfrega os olhos com as costas das mãos, como se pensasse melhor sem remelas – começou na despedida, *é Paulo, né?, Paulo Henrique?*, e Rebecca segurou a mão dele como uma mãe segura a do filho para atravessar a rua, *prazer; ah, anota meu número pra você me enviar seu conto, eu passo meu e-mail por Whatsapp e aí a gente.*

Aqui, Rebecca destacou outra frase, *você usa volto--me e vacilo*, no terceiro ou quarto balão de comentários, o primeiro a realmente destrinchar o texto, *acho que não combina, tem que definir se o narrador é formal ou informal* – assim que leu o conselho ele cogitou legitimar o contraste com uma explicação enigmática que a deixasse confusa, reflexiva, se perguntando: será que eu não consegui identificar a intenção dele?; para afirmar sua suposta superioridade intelectual de iminente doutor; porque a confusão é a melhor maneira de fazer uma pessoa questionar a própria inteligência. É o que faz quando a chefe volta à sala para cobrar um processo com pedido de urgência, *a empresa vai participar de uma licitação depois de amanhã*, ele imediatamente compõe uma resposta intrincada – põe depressa a mão sobre o mouse e os olhos no monitor recém-saído do modo ocioso –, *verifiquei o contrato e, na cláusula primeira, não especifica a formação do profissional, diz que ele prestará serviços de execução e acompanhamento de obras* – aqui ela desvia o olhar por uns segundos –, *serviços elétricos e outras avenças, então estou tentando en-*

trar em contato com algum analista pra ver se o processo passa desse jeito, já que, se eu devolvo, e ela interrompe, não parece zangada, a fala amena destoa da cobrança, *só não demora pra enviar,* pega a xícara ao lado do computador e o surpreende com a gentileza, *vou buscar café na copa, quer que eu traga pra você?*. Volto-me e vacilo, legitimar como?; ele se incomoda com a lembrança da ideia estúpida – o iminente doutor não pode ter ideias estúpidas. Seguiu o conselho da Rebecca, uma mudança minúscula: volto às tolices do passado para reviver os remorsos que encorajam os vacilos futuros – o problema era o pronome, *um pronomezinho, como é que não percebi?,* abaixa a cabeça; cansado e desolado feito um pesquisador que reconhece não ter alcançado os resultados esperados; e é como se, finalmente, começasse a aceitar que talvez não fosse tão bom ficcionista, que é melhor se ater aos estudos acadêmicos; o post-it cor-de-rosa crescendo, inchando como uma ferida inflamada.

Pequenos objetos que ameaçam, ele olha para a aliança, *o mais ameaçador de todos eles,* se queixa da própria fala – me tornei um imbecil que diz que casamento é uma prisão e vê graça naquelas camisetas escritas "Game Over"? – e vira a mão de um lado, do outro, dedos esticados e bem separados, como se estivesse vendo o anel pela primeira vez. *É que a gente só se apega mesmo ao aqui agora,* diz em voz alta, o som da pisada da chefe no pátio já quase inaudível, *e os objetos, os pequenos objetos, são como vértices juntando arestas, pontes ligando penhascos, pra que nada caia e quebre,* decide escrever a analogia no arquivo do Word que salvou há alguns meses na área de trabalho justamente para essas frases que vêm de vez em quando, *ou melhor, pra que adie a queda e a ruptura das coisas, já que tudo é parte do percurso de uma queda que se quer ou não evitar,* e, ao ouvir a pisada da chefe aumentando gradativamente, remata: *a Duda é meu vértice, meu eixo, minha guardiã, o que junta e apara minhas arestas* – os olhos ainda na aliança enquanto pensa em algo para representar Rebecca; *o meu aqui agora permanente,* gosta da frase, mesmo que ela pareça anular a anterior. O pedido de casamento pode ter sido a solução perfeita para tentar remendar os cacos sem expor as ranhuras, as marcas das quedas, como se nada tivesse quebrado, presume em silêncio, e sorri para a chefe, que volta à sala segurando a xícara e um copo descartável cheios de café, pois o casamento é, para ele, uma ameaça que conforta, é continuar sem considerar que seu relacionamento com Duda um dia parou, isso ele não pensa, não quer que a hipótese soe tão nítida na cabeça, como se a própria falta de clareza fosse uma forma de desapegar do aqui agora e criar um vértice.

    A gentileza da chefe mais irrita que surpreende – ele sabe, embora se recuse a refletir sobre isso, sempre arruma um subterfúgio para fugir dos buracos em que ele mesmo se enfia, *porque, na vida, basta o mundo pra nos pôr pra baixo,* assim ele fala, tolerante ao clichê das frases prontas quando se trata de preservar seu ego. *Misturei pra não ficar tão doce, tá?,* ela entrega o copo com um sorriso zeloso, como se reagisse a um poema, um sorriso que parece resultar de uma interação longa – levemente sorumbático também, ele supõe – e, durante dois goles, imagina que a notícia do seu noivado reacendeu nela uma angústia guardada e uma vontade enorme de criar com ele um vínculo que a libertasse do receio de desabafar. Ou talvez seja só uma impressão, um delírio, pondera, se apressando para terminar o café e vendo a chefe deixar a sala novamente, *vou ali na copiadora e já volto*. Concentra-se no processo, liga para o Analista do Departamento de Registro, explica a urgência e tenta convencê-lo a deixar passar – preciosismo ridículo, *é só ver no sistema que o cara é Engenheiro Eletricista*; deixam passar, como quase sempre fazem quando a urgência se deve a uma licitação, *a força que move a indústria que reclama da força que a move*.

Quem quer desabafar sou eu, constata com certo esforço, mesmo que mentalmente – constatação que já é, por si só, um desabafo –, e sorri ao voltar àquela hipótese esdrúxula, *imagina só*, começa a montar a cena, a voz farsesca numa imitação tosca, *ai, Paulo, lá em casa, meu marido, a gente anda meio; e eu a interromperia pra falar da Rebecca*, mas se lembra – não se deixa esquecer, na verdade – da eleição de domingo, do debate de quinta-feira, da chefe falando ao celular no dia anterior, *pois é,* PT *não dá mais*, e deduz que o desabafo viraria discussão e que ele acabaria transferido para trabalhar na Sala do Profissional atendendo aos engenheiros insuportáveis que fazem de lá seus escritórios – e são justamente esses os que mais se queixam da anuidade, *o Crea não faz nada pelos profissionais, só quer saber de arrecadar,* isso depois de imprimir um edital de mais de cem páginas às custas do Conselho; e ainda tem aqueles que não param de falar mesmo quando a gente se esforça pra mostrar que não quer ouvir, *o ideal é acabar com todos os Conselhos de uma vez, são todos cabides de emprego e mais atrapalham que ajudam os profissionais,* e, se você hesita, eles continuam a falar, sempre citando outros países, porque nos Estados Unidos porque na Inglaterra porque até na Suécia já em Cuba nem preciso falar da Venezuela, ele olha o pátio por uma fresta da persiana; *vamos ver se agora entra alguém pra continuar o que o Temer começou, o Brasil precisa urgentemente de uma agenda liberal com reformas, privatizações, enxugamento da máquina pública, enfim, um governo de direita que não tenha medo de cortar a mamata dos que não produzem,* ouviu de um Engenheiro Civil com registro ainda provisório quando cobriu, mês passado, as férias da colaboradora lotada naquela sala que mais parece uma LAN house de café de aeroporto e respondeu: *é verdade,* embora pensando: é verdade porra nenhuma.

Ano de eleição tem a vantagem de instigar posicionamentos políticos, o que acaba apressando a intimidade – *então foi isso,* ele brinca, entusiasmado com o próprio raciocínio. Normalmente, política é assunto evitado, quase proibido – a não ser na semana da eleição pra presidente dos Estados Unidos, porque o mundo inteiro quer saber quais serão as diretrizes de bombardeios sob pretexto de missão de paz do país mais poderoso do mundo, e ele tenta lembrar se Duda alguma vez criticou o Trump, um deboche sequer, qualquer coisa sobre a pele *cheetos laranja,* como a Rebecca gostava de chamá-lo, mas não vem nada na cabeça – e muitos defeitos ficam ocultos, de sobreaviso, porque política é tudo; quem antagoniza politicamente, antagoniza em tudo. Rebecca disse que vai votar na Marina Silva – o que não faz dela uma antagonista, ele esclarece, vigilante, a precaução de quem foge de um desengano avassalador, mas uma aliada com o olhar mais objetivo –, e ele recorda de uma noite no apartamento dela – um *apéritif* entre amigos, foi como ela se referiu no convite inesperado, uma dose de pedantismo que não chega a afugentar –, os dois como se suspensos na gangorra outra vez enquanto o resto fumava na varanda, *o TSE provavelmente vai indeferir a candidatura do Lula mas, mesmo que não indefira, acho que ele só tende a cair nas pesquisas e, pelo perfil mais comedido, pela rejeição menor, só vejo a Marina ganhando do traste no segundo turno* – um voto aceitável, ele decide, engolindo em seco a candidata que apoiou o impeachment de sua correligionária; e ele se agarra um pouco mais àquela noite, lembra da camiseta larga que Rebecca usava, provavelmente do namorado, que não estava lá, tão larga que escondia o short jeans velho e curto, um desleixo que pareceu gentileza, a roupa comunicando aos presentes: fiquem à vontade, a casa é de vocês –, a voz feia, dessa vez baixa, talvez cansada de ter que se posicionar mais uma vez, ou com pressa para passar a um novo estágio – posição política?, check! –, *vamos falar de outra coisa,* ela pôs a mão em cima da dele, fez um carinho curto como se as costas da mão dele fossem a barriga de um passarinho e ele olhou para o gesto, ansioso e nervoso, querendo se afeiçoar à ideia do erro.

Vamos falar de outra coisa, e ele recosta o corpo na cadeira – os olhos na aliança, agoniado feito criança em um elevador subindo aos últimos andares de um prédio alto. *Você gosta de remoer seus erros,* foram tantas as vezes que ele ouviu isso de Duda que chega a ser difícil recordar de um episódio específico. E, quando é assim, ela fala sempre alto, taxativa, pra encerrar a torrente de lamúrias antes de eu causar um estrago no seu humor, lembra. Teve aquela vez no Vaca Brava – o episódio vem quando ele já procurava outra coisa para pensar –, no gramado à beira do lago: caiu na lábia de um vendedor de rosas, *dez reais nessa merda,* reclamou pelo resto do dia, até dentro do cinema, durante o trailer, *por que comprou, então?,* e ele se calou, cara amarrada, a resposta era legítima somente para ele e, quando é assim, melhor guardar para si – *é insegurança,* diria em outro momento, por outros motivos, *sou inseguro, Duda, acho que tenho que estar o tempo todo te mimando porque senão.*

Bem que eu poderia confessar melhor: insegurança é o caralho, só sou obcecado com tudo que não sou, não tenho, não faço; e parar de encarar esse egoísmo como se ele fosse uma peculiaridade que ressoa e se converte em literatura – a ficção é onde ele aterrissa o que saiu do seu controle; mesmo que não tente aparar arestas, não consegue escrever sem partir de uma perda. *O que seria da literatura sem erros remoídos?*, escreve no arquivo do Word, uma pergunta que deveria ser feita pra Duda – e ele tenta imaginar a cara que ela faria, acho que reviraria os olhos e respiraria fundo pra conter a impaciência – como resposta à crítica de sempre. *A literatura é objeto dos egoístas,* essa frase ele não escreve, prefere falar, em voz não tão alta, incerto de sua efetividade – e se houver insegurança sem egoísmo? –, embora não tenha dúvidas de que todo escritor escreve reagindo a carências que quase nunca são dignas de compaixão – como as minhas, ele reconhece, e admite; os olhos na aliança; que a literatura é incapaz de eliminar carências e impedir vacilos futuros.

Sorri – alguém diante das próprias contradições, o impacto ameno e resignado de quem, enfim, se assume repleto de falhas – e volta a se apoiar na mesa com os cotovelos, a mão segura o queixo e os olhos perambulam pela sala reparando em tudo que cabe na visão, desde a pequena Nossa Senhora Aparecida em cima da CPU da chefe, passando pelo pote cheio de rapaduras velhas no aparador, pelo Dedex destampado ao lado de seu mouse, pelo nó na corrente da persiana cinza, até chegar ao relógio pendurado na porta, *puta que pariu*, e sai correndo da sala para registrar o ponto. Cruza o pátio do conselho, evocando a frase de seu conto: volto às tolices do passado para reviver os remorsos que encorajam os vacilos futuros – remoer os erros, sentir remorso, se perdoar e cometer outros?; deve ser isso a vida de um escritor, um ciclo sem fim, passa o polegar direito na camisa para enxugar o suor e ri de si mesmo, dessa coisa de autorizar desvios de caráter em nome de uma tipificação, antes de pôr o polegar no leitor biométrico. Mas Rebecca gostou da frase e até grifou em azul piscina, *adorei porque, com esse narrador tão complexo, a frase pode significar uma penca de coisas,* escreveu no balão seguinte, destinado apenas ao elogio.

Saída – Manhã

Para não ter que falar da Duda, ele preenchia a conversa com algum comentário sobre as paredes grafitadas do bar, *aquele ali é sensacional, os detalhes, as cores, o contraste dos vários tons de azul na parede preta,* a fim de impedir o vazio entre os diálogos, que se ensaiava de vez em quando. De novo no Shiva, dessa vez no fim de uma tarde de quarta-feira, um happy hour sob o céu ainda claro, o parque em frente ainda cheio de gente andando, correndo, se alongando ou tomando água de coco nos bancos de cimento espalhados ao longo da pista – a comunhão no espaço público de um bairro de classe média, uma pitada de irmandade na metrópole impiedosa. Rebecca apareceu sorridente, falante, vai ver é uma estratégia pra evitar qualquer constrangimento, ele supôs, mas repeliu a ideia como quem descarta o que não se usa. *Nossa,* o beijo protocolar no rosto, *nunca vim aqui tão cedo, é até estranho ver tanta mesa vazia,* e ela pendurou a bolsa coberta de broches de bandas de Pós-Punk na cadeira e sentou.

O primeiro tête-à-tête, eu e ela e mais ninguém, ele lembra enquanto se serve devagar no restaurante sem nome em frente ao Conselho, como se equilibrasse a nostalgia na concha cheia de feijão. Os dois vulneráveis diante do outro, fios de dúvidas em um emaranhado de curiosidades contidas pelo receio de dar um passo maior que a perna – um riso confuso, se detém na lembrança por alguns segundos, ainda incerto da impressão inicial que o encontro causou. Antes de cravar o garfo na comida olha reto, postura alinhada, e começa a juntar os cacos daquele fim de tarde. Primeiro a aparência física dela – é claro, se acusa, sem se alongar no próprio delito –, a avaliação inevitável, pensa um pouco mais – *beleza é fundamental*, o pai disse depois de um almoço de domingo, se apoiando na propriedade profética do poeta, *as barangas que me perdoem*, a mãe na cozinha conferindo o pudim no forno e o pai no sofá olhando para o filho ainda à mesa, *mas fique longe das mulheres de lábios finos, não prestam*, com o indicador levantado para reforçar o conselho, *não escolhi tua mãe à toa*, e disparava sua gargalhada esgarçada de fumante. E eu nem achei ela tão bonita, a boca um pouco torta, crava o garfo com força, quer furar a reflexão – e mastiga sacudindo a cabeça, reprovando; imagina o André ouvindo isso, o riso seco que daria antes de discordar: até parece, e completar dizendo que bonito pra ele é um bife com batatas fritas ou um par de coxas macias, frase que ultimamente tenta encaixar em quase todas as conversas, provavelmente pra lembrar do livro que me emprestou vai fazer um ano e eu sequer li a orelha. No entanto, reafirma a posição, não achei nada de mais, agora sacudindo positivamente a cabeça ao preparar outra garfada, não no bife, mas em duas batatas fritas murchas e nem um pouco bonitas.

É sério, Goiânia não combina com literatura, Rebecca trouxe o conto e a literatura para a conversa, deveria ter presumido que o assunto demoraria a se desgastar – os olhos grandes, amendoados; esse adjetivo tão batido, ele ri; o lugar-comum das descrições de olhos castanhos; por que não castanhos claros?, ou cor de Cornalina, a pedra do pingente que comprou para Duda quando foram à Chapada dos Veadeiros; ou então cor de louça Duralex, ri de novo, um pouco mais alto, e decide que a partir de então será isso: olhos cor de louça Duralex. Desde o início, foi ela quem assumiu o comando da conversa – a diferença era inegável em relação à Duda, foi o que veio à cabeça ao ouvi-la –, os cotovelos na mesa e as mãos inquietas, gesticulando sem parar, talvez ávidas para puxá-lo pela camisa: agora é sua vez; mas ela não parava de falar, atropelava frases feito um mestre de cerimônias antes de chamar a atração mais aguardada, parecia se esquivar daquele silêncio tenso que incita os questionários, a hora de desfiar as dúvidas, perguntas e situações que fatalmente culminariam em: ah, você tem namorada?, ah, você é casado?, ou ah, você mora com alguém?. Deu tudo certo, pensou dentro do Uber, voltando para a casa, entre o alívio e a decepção, consciente da violação ao código tácito dos comprometidos, um idiota à procura da plenitude transcendente, completamente oposta àquela que discutiu com Rebecca poucos dias antes, *a da Clarice, "Água Viva", plenitude sem fulminação, não é isso?*, e, para se redimir, resolveu que daria um jeito de inserir Duda na próxima conversa que tivessem, insistiria para ela ir ao próximo encontro com os amigos da graduação, convidaria Rebecca, apresentaria a namorada à mais nova amiga: essa é a Rebecca, amiga da Juliana, psicanalista gente boa que topou me analisar através dos meus contos, e as duas ririam da brincadeira ao apertarem as mãos – uma barreira se ergueria por ele não se julgar capaz de tamanha imoralidade, não seria indecente a ponto de levar adiante uma traição depois de presenciar acenos e afagos trocados pelo potencial carrasco e pela potencial vítima, porque existe, querendo ou não, um grau suportável de indecência. Assim que ela esgotou o estoque de assuntos, os vazios foram preenchidos com comentários a respeito dos grafites, traduções dos russos, marcas de cerveja – ela se divertiu quando ele contou sua descoberta recente; *fui saber esses dias que isso aqui se chama camisinha*, apontando para a camisinha amarela da Amstel; e ele riu junto, vendo graça na maneira como ela chacoalhava os ombros, a cabeça caindo para trás e voltando, pra trás e voltando, pra trás e voltando. Depois disso, um vazio autorizado, leve, o sorriso espelhado no outro, a intimidade avançando algumas jardas. Dos olhos eu gostei, pensa ao pagar, *só o almoço?*, a funcionária no balcão pergunta; a pergunta de sempre e a resposta de sempre: *só o almoço*. Logo ele e Rebecca pareceriam velhos amigos – amigos de boteco, com quem só se fala das coisas boas da vida, porque bar não é lugar pra problemas do dia a dia – e, mais uma vez, ele quer reafirmar que, a princípio, não houve nenhuma atração, *nem dei aquela espiada na bunda quando ela foi no banheiro*, sussurra ao atravessar a rua para voltar ao Conselho – Rua 239, será que tem uma 239 em Nova Iorque?, Paul Auster também escreve sobre Nova Iorque, será que ela conhece?, preciso ler Paul Auster. Age como se seu relacionamento com Rebecca recebesse um selo de autenticidade por sua falta de vontade de transar com ela de imediato – o enfoque sexual onipresente; outro conselho do pai lhe vem à cabeça, *o ideal é casar com mulher de anca larga porque, além do bundão, é melhor pra parir, pra arrumar a casa*, e ele conclui: nas mulheres o corpo é substância até do que é imaterial; gosta da frase, um pró-feminismo que não soa tão petulante. Mas isso não passa de misticismo, ele poderia pensar, se já não estivesse convencido a se abandonar à própria sorte. Pelo menos até juntar outros cacos.

Foi tão simples que puta merda, a lembrança paira, indecisa, oscila entre a vergonha e a gozação à medida que ele sobe a escada a caminho da área de convivência para desfrutar dos quarenta minutos que restam. A aliança reluz de degrau em degrau com o reflexo da lâmpada tubular e ele recapitula a noite anterior, *podia, ao menos, ter levado pra jantar e feito o pedido na mesa, antes dos pratos chegarem*, e ri um riso travado. *Quero um par de alianças de até mil e trezentos reais, tem?*, a vendedora desfez o sorriso de boas-vindas e mostrou a ele duas opções – frustrada diante dos novos clientes que entravam, mais velhos, mais calmos e mais dispostos a gastar –, *parcela em até quantas vezes?*. Não demorou a escolher, tinha pressa porque Duda estava para chegar e ela nunca atrasa. Fez o pedido no estacionamento do Goiânia Shopping – na T-10, *parece fórmula química*, diz ao percorrer o corredor, um falsete contido –, depois do filme, dentro do carro, abriu o estojo enquanto Duda ajeitava o cabelo olhando no espelho retrovisor interno antes de pôr a chave na ignição e fez a pergunta padrão, *quer casar comigo?*, simples assim – o pedido de casamento mais desafetado de todos os tempos, uma caricatura cômica do desleixo; e ele instantaneamente recorda dos anéis de coco que comprou de um vendedor ambulante que o abordou no Matuto, no quinto encontro com Rebecca, *compra um anel pra moça*, e ela riu, olhos pregados nele, ansiosa pela reação, *dois por cinco, moço, ajuda aí, tá barato;* ele comprou, guardou o par no bolso da mochila e pregou os olhos nela, ansioso pela reação que veio em seguida, *espero que sirva na sua namorada*, e, diante daquele ciúme sutil mas notório, ele se viu dentro de um jogo no qual tinha acabado de conquistar alguns pontos. Um dia peço a Rebecca em casamento com esses mesmos anéis nesse mesmo bar, planejou de improviso, ainda se deliciando com aquele ciúme, e se sentiu o último romântico – *dentre os tantos canalhas*, diz baixinho ao reclinar a poltrona, entre o autodesprezo e a autoindulgência – enquanto Rebecca desviava o olhar. A chefe diria que ele poderia ter caprichado mais, querendo na verdade falar: pelo visto, Paulo, a displicência também afeta sua vida pessoal – e ele decide que, se ela perguntar, recorrerá a algum clichê: restaurante, jantar com a família dela ou o lugar onde se conheceram. O que importa é que Duda disse sim, convicta, ele lembra aliviado, o *claro que sim* seco, límpido, tão bem pronunciado que ela nem pareceu surpresa com um gesto – ou com a simplicidade extrema do gesto – tão crucial, como se não houvesse angústia ou arrebatamento na concretização do percurso que andou sendo orientado pela ponta do seu nariz, *porque a Duda não tem norte nem bússola, ela sempre pareceu ser quem gostaria e estar onde queria,* divaga com o empenho de um poeta, e o alívio se transforma em inquietação – a simplicidade diante do espelho, a desafetação evidente nas reações dela: no *claro que sim,* no beijo breve, no *vamo?, tô com sono, hoje foi corrido no trabalho,* na iniciativa de pegar a aliança do estojo e colocar no próprio dedo rejeitando as cerimônias do rito, naquela atmosfera imune à paixão, espantosamente prática. Paixão é mistério e graça, é a aparição de uma divindade cooptada pelo inferno, o sagrado profanado, Deus de joelhos e o Diabo às forras – olhos no teto, fantasiando a plateia atenta ao iminente doutor –, é um chamado que se atende, febricitante, como o equilibrista que atravessa a corda bamba. *Hoje eu terminei o projeto estrutural daquele prédio de Anápolis,* sorridente, as mãos firmes no volante, *tô exausta,* e descansou a mão direita, agora com a aliança, na perna dele – a imagem terna do triunfo feminino, refaz a cena na cabeça –, *esse ano deu uma melhorada, muita obra, o pessoal do escritório tá animado,* e ele, sem conseguir se conter, *todo mundo lá vai votar no fascista, né?,* ela o olhou de relance, *acho que só um disse que vai votar no Amoedo, já o resto,* e logo completou o vazio da frase, *te amo.* A Duda é tão completa, presume, retomando a palestra diante da plateia imaginária, ergue a mão para potencializar o argumento: porque amor é o que encaixa na carência e eu encaixei na dela.

E a tese?, a pergunta foi uma quase ameaça à harmonia da noite. Ele se virou para ela que, por sua vez, desviou o olhar e apoiou a cabeça no vidro da porta com a mão no puta-que-pariu, deixando entrever o cansaço de quem calculou, sem êxito, o momento adequado para dizer algo indigesto, mas que precisava ser dito. *Tá indo,* finalmente abriu a porta do carro, *te amo,* deu o beijo de despedida para então começar a outra despedida, mais lenta, gradativa, ao seu lar não-tão-doce lar no velho quarto-e-sala da Rua 99 – *entre a Praça Cívica e o Bosque dos Buritis, a 99 é uma rua quase morta no que, um dia, foi o coração da cidade; não fosse uma gameleira centenária para trazer um pouco de vida restaria apenas o prédio velho onde moro, de corredores malcheirosos, fiação desgastada e a presença constante e notória de ratos no subsolo; e também escritórios de advocacia de onde só saem carros com vidros escuros, que tipo de cliente atendem?; bom assunto para puxar com ela por WhatsApp, seguido daquele emoji pensativo, com a mão no queixo; as únicas pessoas que por ali perambulam são os moradores de rua que, de tanto apanharem da polícia no alto Bueno, desceram para o centro da cidade dispostos a se manter próximos dos comércios e das grandes avenidas sem se deparar com uma viatura a todo momento ou, quem sabe, a se acomodar no casarão abandonado da Rua Dona Gercina Borges Teixeira que, entre tantas pixações, tem uma frase, talvez um bom título: "quero te ver melhor",* vem a lembrança óbvia do trecho que Rebecca destacou na terceira lauda, *olha aí, bem melhor nome em vez de número, sei lá, não dou conta de gostar dessas ruas numeradas, não sei por quê,* dessa vez um tom mais comedido no balão de comentários, confessando a estranheza da cisma – e, por um instante, cogitou dar todo o dinheiro da venda para Duda, uma espécie de cheque caução para enquanto durar o relacionamento, já que vai morar no apartamento de cento e vinte e oito metros quadrados, três suítes e quatro banheiros, a uma quadra do Parque Flamboyant, que Duda comprou de um dos seus sócios no início do ano passado; *por que você não vende seu quarto-e-sala?,* ela sugeriu depois de ouvi-lo se queixar de falta de dinheiro, *qualquer coisa você mora comigo,* e ele pensou duas, três, quatro vezes, mas aceitou. A tese o resgata de seu delírio de oráculo dos afetos, mestre das máximas classemedianas – a tese e os burburinhos de mais de uma dúzia de pessoas que chegam à área de convivência e começam a esquentar suas quentinhas no micro-ondas entre conversas e gargalhadas, *vocês viram o Palocci ontem?*, diz um, *eu nem me espanto*, responde outro, *pelo menos já prenderam o cabeça da gangue;* ele confere as horas e fecha os olhos em busca de outro delírio, para fugir do tema que ecoa; *Lula e seus asseclas são as maiores desgraças desse Brasil,* já esse se intromete preparado para a guerra, todo de preto, diz que é luto *pelo país quebrado por essa corja de corruptos, só paro quando o mito for eleito,* fala alto e provoca a gargalhada confusa e exagerada da chefe que chega, naquele instante, hesitando entre o endosso e a omissão, *credo, que boca suja é essa,* prefere a omissão, com um sermão jocoso que a intimidade do convívio proporciona, seguida de uma nova gargalhada. *Graças a Deus ele tá só subindo nas pesquisas,* o combatente continua, fazendo o gesto atualmente corriqueiro de simular arma com as duas mãos, a marca dos imbecis, o ferrete que distingue a boiada, ele zomba em silêncio, olhos no teto e o semblante apático de quem não consegue domar a falta de coragem. *Deus é mais,* agora a chefe opta por um endosso discreto e o Analista do Departamento Financeiro, eminente pastor da Primeira Igreja Presbiteriana Renovada de Goiânia – é como seus colegas de Departamento gostam de chamá-lo –, sempre ponderado, já no meio da refeição, intervém: *ninguém aguenta mais essa esbórnia, nas minhas pregações tenho alertado pro perigo da doutrinação nas escolas, da ideologia de gênero, porque a meninada, hoje em dia, cai nessa conversa, a cada dia que passa vejo mais jovens minimizando o conceito de pecado, maximizando a ideia de justiça social*, exaltado, puxa até um pouco de ar para intensificar a última frase, *como se o pecado não fosse o que nos separa de Deus*.

E a tese?, porque vai que, em voz alta, dispara um alarme dentro de mim e eu tomo jeito – o vitimismo irrompe como vômito saindo goela afora, *se esse delinquente ganhar a eleição, é capaz de acabar com as Universidades Federais*, modera a golfada para ninguém suspeitar do seu voto, *e minha vida vai ser essa merda, aqui, pra sempre*, como se não fosse improvável ele se tornar professor universitário, ainda mais na federal, já que não tem tempo para apresentar centenas de comunicações e escrever dezenas de artigos como têm os filhotes da elite que nunca precisaram trabalhar durante os estudos e viviam no campus com suas monitorias e bolsas de iniciação científica e no encalço dos professores, pavimentando o caminho pra docência. Sobra até para a sua *insubmissão a esse sistema atroz* – era assim, tão solene, que ele dizia aos amigos do ensino médio, *correligionários covardes*, no início da graduação, quando se gabava de ter privilegiado a grade curricular às possibilidades de mercado na escolha do curso; volto às tolices do passado para reviver os remorsos que encorajam os vacilos futuros, outra vez a frase que começa a se tornar uma obsessão, *mas, pelo menos, é minha* – e subitamente se indispõe consigo mesmo, *devia ter escutado meu pai, feito Direito, Engenharia ou Adminis-*

tração, confere as horas, *nem pra fazer a porra da licenciatura, o que é que eu vou fazer com um bacharelado em Estudos Literários?* – sem delirar, ele se esquiva, cai no fosso existencial, angústia é o que a liberdade, ou melhor, a autodeterminação provoca quando se constata que a incerteza do futuro resulta da escolha que se fez, divaga. *Remorsos que encorajam, aceitar a vocação pro erro?, e não seria isso o suprassumo da liberdade?,* e deixa a área de convivência enfim alheio à discussão dos colegas – Rebecca tinha razão, a frase é interessante, julga enquanto estica o polegar direito diante do relógio de ponto e pensa nos vacilos futuros, como a tese, os contos, o romance recém-iniciado e outras coisas que nem sequer mentalmente ele quer nomear.

Entrada – Tarde

Mal entrou no apartamento e Duda enviou uma mensagem de voz, provavelmente depois de entrar na Avenida 85, de onde demoraria a sair, *vamos num restaurante amanhã?, te busco lá pelas sete e meia; a gente pode ir no Abruzzo, que você gosta tanto, depois a gente vai pra aí*, nessa altura, ela começou a enfeitar a pronúncia, prometendo mimos, *eu levo roupa, a gente toma banho junto, assiste a um filminho no Netflix, além de, claro, outras cositas más*, pra comemorar nosso noivado decentemente né?, *que tal?; te amo*. Um consolo, ele considerou, ainda que sem se zangar, *deve ter se arrependido de não ter dormido lá em casa ontem*, sussurra, já na frente do computador, ao relembrar o compromisso – o enigma da noite do pedido de casamento que não acaba em sexo, elabora a frase sorrindo, um título irreverente; e não faz parte do pacote?, o pedido, o beijo e, por fim, a trepada, seus abraços e carícias subsequentes, se o noivado é um pré-casamento, não tem que ter uma pré-noite de núpcias?. Três semanas sem sexo. Mas não quer se render à indignação como fez tantas outras vezes, na cara dela, *a gente nem mora junto e já transa tão pouco*, e ela sempre desconversa, culpa o escritório, as costas, *tô com tanta dor na lombar, preciso trocar de colchão*, e promete recompensá-lo. Embora o apetite tenha minguado, formalidades têm que ser cumpridas, pensa enquanto acessa seus processos pendentes, casais jovens precisam fazer sexo com frequência, se não fazem é porque tem algum problema individual, psicológico, *nunca é por falta de amor, paixão, porque isso nunca foi entrave pra ninguém* – e se dá conta que talvez ele seja, sim, um sujeito um pouco conservador, preso a regras e protocolos, como Rebecca disse certa noite, *te acho um pouco careta, sabia?*, interrompeu a fala para umedecer a seda com a ponta da língua, olhando para ele; e ele lembra que ficou de pau duro e até mexeu a perna para disfarçar qualquer movimento de dentro da calça; *não fuma, quase não bebe, mal fala palavrão*, ela acendeu o baseado, deu uma tragada não tão longa e voltou a olhar para ele, *e nem tentou pegar na minha bunda*, o riso largo e rascante, *mas eu gosto de você*, lhe deu uma sequência de beijos e ele continuou contemplando a cena em silêncio, entre tosses e fumaças, numa sessão de fotografias mentais, um instante tão feliz que nem felicidade parecia.

Tesão é sinal de boa saúde mental – epígrafe ou manchete de coluna sobre sexo de site de notícias? –, mas tesão é algo que se ativa pelo momento que se inventa dentro de outro momento que, de fato, existe; é uma cena curta dentro de um enredo muito maior. Sexo não é algo que a gente sente tanta falta no dia a dia, três semanas não seria nada de mais pra um solteiro, mas pra um casal é praticamente antiético, e sentencia: liberdade sexual é o que têm os solteiros, livres da obrigação, sexo de cu é rola. *Você me deixa*, ele se recorda de um sábado à tarde em que respondeu a um convite inesperado da Rebecca – *quer me ver?, tô aqui no bosque* –, já às vésperas do rompimento definitivo, os dois em um dos bancos ao redor do lago da entrada principal e Rebecca titubeando para completar a frase, *você me deixa*, como quem avalia até que ponto seguir sem rasgar o fio da decência, *você me deixa com muito tesão,* um acanhamento fingido e mesmo assim insinuante, pondera, irritado, quase arquejando – a teimosia das lembranças, no máximo um bom título de capítulo –, *você, ao mesmo tempo em que é firme, também é delicado; e é isso que eu preciso,* e ela aproximou o rosto devagar, com o desequilíbrio silencioso de um copo vazio no começo da queda, totalmente entregue, ele vigia o pátio para conferir se a chefe não está voltando, dá um giro completo na cadeira, *e eu reagi feito um cabaço,* a voz chocha, *com um abraço que, pelo menos, foi mais forte que o normal* – acredita que falhou como homem, que quebrou um acordo que prevê a consumação do ato sexual em caso de ser proferida a palavra tesão pela mulher e, por estarem justas e contratadas, assinam as partes o presente instrumento –, *era só convidar pra ir lá em casa beber alguma coisa, pertinho do bosque, com certeza ela iria.*

No fim das contas, foi melhor que só tenha rolado aquela vez na casa dela, ainda no começo – a cabeça trata de amenizar, os olhos na aliança num assomo de positividade, como se um erro a menos fosse um acerto. *Faz que nem eu: sempre que chegar no trabalho, ou quando voltar do almoço, a primeira coisa que você deve fazer é checar seus e-mails; você tem um e-mail específico pro trabalho, não tem?*, Duda gosta de explicar as coisas, ensinar, corrigir, aconselhar, outro dia ele sugeriu a ela que experimentasse dar aulas em alguma faculdade particular, *é sério, você adora ensinar*, ela riu, como se ouvisse uma piada sem graça, e retomou do ponto em que tinha parado, *é que, fazendo isso, você já fica ligado e não perde tempo com besteira*. Ele checa os e-mails e só tem um em negrito, não lido, o lembrete diário: 4 processos virtuais pendentes – 02/10/2018, às 12h, nem são tantos e é arriscado mexer com isso agora, o homo sapiens não serve pra trabalhar como um autômato sem estar com a consciência tranquila, corre o risco de entrar em colapso com essa enxurrada de requerimentos, documentos, conferências, diligências, despachos, Rebecca, Duda, Rebecca, Duda, Rebecca. Dispõe-se a estruturar um diagrama mental: de um assunto irá a outro que levará a outro; tudo para não pensar na Rebecca. Escolhe a política como ponto de partida porque nada distrai melhor do que uma boa dose de ódio. Palocci é a primeira palavra que vem, mas ele logo percebe a armadilha. De Palocci iria à delação que levaria a Lula que levaria à traição que, certamente, levaria a Duda e Rebecca. Abandona a ideia assim que a chefe entra na sala, sorridente como sempre, e, apesar da irritação que o *sorrisinho comercial de margarina* – disse à Duda, com raiva e desprezo, na última confraternização de fim de ano do Conselho, apontando o dedo mindinho da mão que segurava o copo de cerveja na direção da chefe, enquanto ela conversava às gargalhadas com o Fleury, gestor do Departamento de Licitação, dono de um alambique em Inhumas e talvez o único sujeito do Conselho com quem ele nunca trocou sequer um aceno de cabeça – costuma lhe causar, se sente aliviado e decide que a hora é boa para puxar algum assunto, algo que o faça fincar os pés – e a cabeça – definitivamente no instante presente. Desce a barra de rolagem do site de notícias, *reação conservadora e antipetista alavanca Bolsonaro; rejeição a Haddad sobe onze pontos; Bolsonaro cresce entre mulheres, pobres e ricos;* PT *minimiza impacto da delação de Palocci; manifestação contra Bolsonaro acontece em cidades do Brasil e do mundo; saiba se proteger: sentimento de tristeza permeia época eleitoral; Neymar "esquece" Copa: "não posso chorar para sempre"*, e desiste: só resta falar do trabalho mesmo.

A palavra da moda é polarização. E já não é de hoje, ele volta dois anos, o atendimento mais tenso de sua vida: uma mãe, a princípio sorridente, bem-humorada, estende o atestado de óbito do marido *pra vocês para-*

rem de cobrar defunto e, aos poucos, tateando a mesa como quem examina um tecido frágil, começa a se soltar, primeiro um *pois é*, depois um *a vida é tão complicada, meu filho*, e ele atento, sopesando os gestos, a voz, o olhar, a intensidade da respiração, o que estava ao alcance para tentar confortar aquela senhora que tinha acabado de perder uma pessoa tão próxima e ainda lidaria com atestados, certidões, funerária, inventário – chegou a lamentar nunca ter ido a velórios, nem mesmo ao da mãe; *falei que era melhor que não fosse, não faria bem, o garoto já tá deprimido à beça, imagina só ver a mãe pendurada daquele jeito*, ouviu pela porta o pai dizer aos vizinhos no corredor do andar; ele conhecia a morte, a perda, mas não tinha nenhuma prática na arte de consolar –, até que ela tirou os óculos, *esse homem tirou meu filho de mim, acabou com a minha vida; a gente nunca sabe o que pode acontecer*, se apoiando na mesa como se prestes a cair e retendo a fala para tentar prender o choro. O caso estava em todos os noticiários da cidade – o filho tinha vinte anos, se dizia anarquista e militava contra a PEC do teto de gastos públicos, frequentava as ocupações das escolas, era atuante no movimento estudantil; e ele imaginou um manifestante jovem, franzino, camiseta enrolada no rosto como uma balaclava, coquetel molotov na mochila, e marchando aos berros; coisa que jamais tive a disposição de ser. O pai deu um tiro na própria boca depois de matar o filho; um quadro ainda mais horrível porque real e tão próximo – a antevisão do futuro anárquico que já está se desenhando, ele arrisca a previsão trágica, e sente que é hora de retomar os processos pendentes.

A gente sabe o que vai acontecer se continuarmos com isso, o tom despojado de quem fala uma obviedade; e Rebecca pôs a mão sobre a dele, impedindo a objeção, sorriso acanhado dentro da pausa – manipuladora nata, ri enquanto confere a documentação de um provável desavisado que acha que basta registrar o MEI pra cancelar um auto de infração lavrado há semanas; prevê o atendimento presencial daqui a alguns dias, o sujeito implorando pelo abatimento da multa: isso aí é o dobro do que eu tiro por mês moço; cogita falar do caso para a chefe, um pouco de papo para cultivar o colegismo, mas ela está afoita fazendo contas, as mãos frenéticas entre os papéis, o Dedex e a calculadora. *Você vai se apaixonar por mim*, e o toque na mão virou um aperto repressivo para impedir outra objeção e retomar a palavra, *e eu vou me apaixonar por você*, a pronúncia lenta para tentar soar grave; *é, você deve estar certa*, ele se rendeu e ela deu sua gargalhada, ombros leves, cabeça indo e vindo – e ele se escondeu no riso encabulado dos confusos, esperando o temível eu-tava-só-brincando que, felizmente, não veio.

Foi no terceiro ou quarto encontro, no Hops, lá no Setor Oeste, ele diz meio sem querer, voz baixa, reagindo à reconstituição mental daquela noite – foi uma moça de uns vinte e poucos anos, bem baixinha, com uma tatuagem nova sob plástico filme, que nos atendeu, lembra; ela recomendava rótulos e tipos de cerveja e Rebecca elogiava todas as recomendações, *adorei essa menina*, depois da terceira ou quarta, as bochechas coradas, os ombros ainda mais leves pareciam querer saltar do corpo nas gargalhadas –, e, de novo, o muxoxo se desfaz num sorriso estranho, *tá pensando na noiva, né?*, e a chefe abandona as contas para contemplá-lo, como quem assiste o desenrolar feliz de uma comédia romântica – não é a primeira vez que ela me olha assim, pensa, abrindo uma página nova de delírio, aquele abraço de mais cedo, sei não; mas ele sabe que a rédea é curta, que o delírio não ultrapassa o ponto tolerável da imaginação do que poderia acontecer se. Põe os olhos na aliança e, em seguida, na chefe; a cabeça cai para o lado e volta feito elástico, o suficiente para respondê-la sem precisar falar alguma coisa – deixa pra conversar depois da eleição, medo de perder a paciência se ela falar qualquer merda, porque *além de burra e de mau caráter, ela ainda gosta de posar de beata*, e Duda respondeu com um emoji de decepção ao áudio indignado que ele enviou ao sair do trabalho, subindo a 240, naquele 6 de setembro trágico, *a anta ainda disse assim: Deus não vai deixar ninguém impedir que ele salve o país; acredita?*; e ele projeta uma reação possível da Rebecca ao mesmo áudio, acho que ela mandaria: beata! carola! papa-missas!, junto com um emoji de gargalhada e outro de beijo, pra quebrar de vez a tensão da conversa –, porque ela parece gostar de se meter no meu noivado, ele se impacienta, o diálogo pode se alongar e todo chefe sempre tenta parecer sábio perante o subordinado, raramente aceita objeções – mais ou menos como Rebecca, que deve ser uma chefe linha dura; e ele cede a um sorriso que, por pouco, não se alastra.

Ficam se olhando por um tempo até que a chefe desvia para a aliança dele, na mão ao lado do mouse, batucando suavemente a mesa. Ela solta um *ai ai* e um resfolegar conformado com o fracasso da investida, ele julga o comportamento dela antes de voltar ao monitor com o certificado da condição de microempreendedor individual aberto – aí tem coisa, supõe, mas melhor não; e recorda do comentário inconveniente da Rebecca sobre sua foto do WhatsApp; Duda e ele abraçados em frente à catedral de Brasília, *mas ela parece ser tão baixinha, você não fica incomodado?*, ele não soube responder; está flertando comigo?, quer que eu diga que prefiro mulheres altas como ela?, se perguntou e esperou que ela retomasse a palavra. A gênese da minha subserviência, tenta inventar um sentido ao mesmo tempo que percebe o capital social menor que o valor da multa, para ver se, enfeitando a chacota que faz de si mesmo, encontra um bom título – muito grandiloquente, é o que provavelmente Rebecca diria, completando com algo como: achei meio brega. *É porque, como sou alta, gosto de caras altos, de preferência maiores do que eu, o que é difícil de encontrar; meu namorado, por exemplo, é bem menor do que eu, já você tem a altura perfeita*, o emoji de risada com uma gota de lágrima saltando de cada olho confirmou a suspeita do flerte e ele se sentiu impelido a corrigir aquele incômodo que ela tinha acabado de inventar para ele; a foto ficaria melhor com ela – um pensamento que pareceu mais indecente do que a própria vontade de trair –, a cabeça na altura do meu queixo, um casal mais compatível. Era como se ela soubesse melhor do que eu quem sou, divaga, como quando me convenceu que "Madame Bovary" é melhor do que "O vermelho e o negro" – *a tragédia da Emma é muito mais verossímil que a do Julien*, disse, no primeiro tête-à-tête, já um pouco bêbada, *O vermelho e o negro é romântico demais, o Julien é muito exagerado, sem contar que não me desce aquela crise de masculinidade no final do livro*, os olhos arregalados, *parece que o Stendhal quis dar um jeito, às pressas, de pôr mais sangue na história*, duas grandes esferas persuasivas cor de louça Duralex –, e quase arrisca um verso. Desiste assim que identifica um erro no preenchimento da ART.

Na calçada, diante do carro da Rebecca, o terceiro encontro terminou com um abraço hesitante. Ela se desvencilhou rápido, ele lembra, num movimento evasivo para trás – um resíduo agridoce daquilo que disse mais cedo. Fosse minutos antes, no bar, ela me puxaria pra um beijo ávido e indeciso, ainda mais rápido que o abraço, como fez tantas vezes depois em seus arroubos de misticismo; ele segue juntando os cacos daquela noite – culpa da sobriedade que retornou, num susto, reassumindo gestos, olhares, palavras e até a coceira atrás do pescoço; vai ver ela se arrependeu de usar *apaixonar*, palavra tão clichê, pondera, mas todo clichê tem um fundo de verdade, e ele ri da possibilidade interminável de sobrepor clichês como frases num pergaminho. Faz questão de pronunciar calmamente: *a-pai-xo-nar;* do sussurro, praticamente só se ouve o rompimento ameno dos lábios no p e o chiado do x, e a chefe continua martelando a calculadora – ele quer testar se, pela palavra dita, a tolice do passado volta com mais intensidade, numa espécie estranha de autoprovação. Resgata a foto na catedral de Brasília – lá é ainda pior, parece a tabela periódica inteira, ele imagina a Rebecca falando. Brasília: onde disse pela primeira vez *te amo* à Duda, que sorriu, *eu também,* um amor sem dobradiças, espinhaços, fulminação. Responderia: sim, estou pensando na noiva sim, se a chefe perguntasse novamente, uma faísca rara de entusiasmo pelo noivado – os olhos na aliança –, como se estivesse totalmente livre de incertezas, porque *o tempo vai serenando a convivência e pragmatizando tudo,* isso ele faz questão de escrever no arquivo do Word, já atulhado de frases avulsas que ele desconfia não vão dar em nada, antecipando o fiasco do seu projeto de romance, que não sai das primeiras páginas.

Tenho carência por equilíbrio, Rebecca enviou a frase seca, sem emoji, sem rs, sem hahaha, na manhã seguinte à noite em que se lançou ao rosto dele, pouco depois que ele comprou os anéis de coco, numa tentativa fracassada de beijo – e ele se gaba, ao lembrar da recusa, um homem raro que resiste à tentação, que nega a fraqueza da carne; uma espécie de filtro pelo qual ele aplaca suas falhas morais posteriores, reserva de caráter para legitimar sua autoindulgência, pretexto para julgar o sentimento por Rebecca como uma coisa excepcional, incontrolável e, por isso, ver a traição como um erro compreensível; *porque a paixão pode ser uma vertigem*, disse a André, ao comentar da primeira e única noite que passou com Rebecca, de queixo erguido para realçar o verso, *ou uma metralhadora em estado de graça*, o amigo percebeu a referência com uma expressão de enfado no rosto; será que ela já leu Roberto Piva?, considerou perguntar, mas guardou para si, surreal demais pra quem gosta tanto de Quintana –, *não me sinto bem com isso; eu tenho namorado, você tem namorada e essa coisa toda nossa, essa vida dupla, essa obsessão; não sei se obsessão é o termo ideal pra isso, mas serve; enfim, não dá*, ela completou com um áudio, a voz contida, feia e fanha, rouca também, soando igual a Alexa que o André trouxe de Miami, e ele se deixa sorrir à lembrança depois de devolver o requerimento on-line ao requerente autuado. Eu tenho carência por equilíbrio, retoma o raciocínio, destacando o Eu na pronúncia mental da frase, a cabeça até se move num gesto de assertividade, e amor é o que encaixa na carência, não é mesmo? – sua ansiedade por uma resposta quase o leva a fazer a pergunta à chefe, que agora martela o teclado do computador, os olhos variando entre o monitor e os papéis –, e com a Duda tudo é tão tranquilo, é como se nunca escurecesse, só houvesse manhã e céu azul – os olhos na aliança e um sorriso de quem se diverte com a própria cafonice.

Como se ter uma vida dupla fosse coisa de outro mundo, tenta espiar novamente o monitor da chefe pelo vidro da janela, a vontade é grande de descobrir algum desvio moral em alguém que se vende como beata; uma mensagem comprometedora, um vídeo, uma foto, uma confissão. Se vidas duplas não fossem tão comuns, não teria confessionário nas igrejas, desiste e volta a olhar para a aliança, o distintivo que eleva uma delas a um estágio superior, atenuando o problema da divisão de atenção, já que é muito mais fácil conduzir duas vidas quando existe uma desproporção entre elas. A angústia se deve ao peso que se dá a uma das vidas – mas também à dimensão dos atos que essa vida provoca; é que as pessoas aguentam mentir e trair só até certo ponto sem se abalar, mas todos mentem e traem até algum ponto, seja ao omitir um sonho erótico, assistir pornografia, pagar por uma dança no puteiro, flertar com o vizinho no elevador, receber um nude de um desconhecido de Cochabamba ou vender, censurando o rosto, no Only Fans, pra um desconhecido de Estocolmo, todo mundo tem mentiras e traições guardadas; ele segue fiel ao tom conclusivo que gosta de impor às observações que não divide com ninguém – e, assim como a Rebecca, também tenho minhas angústias em relação a tudo que aconteceu, só que eu consigo conciliar as duas vidas; como a chefe, que está sempre tão tranquila mas, tenho certeza, quer fazer um monte de putaria que nunca teve coragem de propor ao marido – pode ser que um dia proponha pra mim, vai saber, eu não ficaria surpreso, do jeito que a coisa anda, sei não. Rebecca deveria saber que não dá para viver uma vida única – e lidar melhor com os desdobramentos da outra; afinal, ninguém melhor do que uma psicanalista para mitigar angústias, encontrar equilíbrio pela autoinvestigação, como tentam os escritores, de vez em quando, quando revivem remorsos.

Ficou bonito, Rebecca escreveu no último balão de comentários, *mas acho que tem metáforas demais,* e ele leu e releu inúmeras vezes – no trabalho mesmo, quando recebeu o e-mail, numa manhã de segunda-feira – a frase destacada no final do penúltimo parágrafo; *também acho que fica melhor se você colocar os adjetivos depois do substantivo, acho que soa mais natural;* para ver se, na releitura, encontrava algum motivo para tanta afetação. Por uns segundos, se odiou, *ela deve ter achado uma merda* – o orgulho ferido do iminente doutor –, mas, em seguida, decidiu enviar uma mensagem, mais para esmiuçar as impressões que ela teve do conto do que qualquer outra coisa. Acabaram com um compromisso marcado, *quarta-feira, às seis e meia no Shiva, combinado?,* ela enviou junto com um emoji de aperto de mãos. Lembra que resmungou a frase em voz alta, num tom quase cômico de desprezo, aproveitando que a chefe não estava na sala, *era como se, dentro de mim, houvesse um emaranhado de fios formando um extenso, turvo e implacável labirinto,* e acessa novamente o site de notícias, relê a manchete: *Bolsonaro cresce entre mulheres, pobres e ricos,* que lhe provoca um mal-estar – sintoma de um incômodo maior, uma metáfora, sintomas são como metáforas, pensa, sem se interessar muito pela formulação; preciso desapegar das metáforas pelo bem da minha literatura.

Vai ao banheiro lavar as mãos e o rosto, como Duda recomenda sempre nesse tempo em que a umidade do ar mal passa dos vinte por cento, *não esquece de levar garrafinha de água e lavar as mãos e o rosto com sabão, de vez em quando, no trabalho, já que você não usa o hidratante que te dei*, e, ao sair, dá de cara com o segurança, que parece aguardá-lo – se queixou dele para Duda, há alguns meses, depois que o sujeito o pegou pelo braço para depreciar o relógio herdado do pai; *todo homem deve andar com um bom relógio no pulso*, o velho gostava de dizer ao pequeno Paulo, antes de abrir a gaveta cheia de relógios suíços, *escolhe um pro papai usar*, dos quais apenas um resistiria ao vício; *grande desse jeito usando esse reloginho pequerrucho de moça?, olha*, e o segurança levantou a mão para exibir o relógio graúdo, *isso aqui, sim, é relógio de macho*, imitação de um modelo da Adidas, *te consigo um por 300 reais*, e ele rejeitou com um sorriso gentil e apressado –, *fala, Paulão, vai votar no Capitão?*, a pergunta dentro de um compasso rítmico, *olha só, gostei da rima*, e ele ri; o segurança se aproxima, desfaz a expressão zombeteira do rosto e baixa a voz, como quem conta um segredo ou uma ameaça, *esse negócio de direitos humanos vai acabar, você vai ver; a gente vai ter um presidente que não passa a mão na cabeça de bandido, que sabe a desgraça que é ter um celular parcelado em vinte e quatro vezes roubado por um vagabundo no ponto de ônibus, como aconteceu com a minha esposa ano passado; o homem vai liberar isso aqui ó,* dá três tapinhas sutis no coldre, *e a gente vai poder meter bala nesses desgraçados,* e um tapa, nada sutil, nas costas dele – e ele se vê dentro de uma grande alegoria da desumanização, um microcosmo fascista, diria à Rebecca, se ainda pudesse.

Goiânia está cheia de microcosmos fascistas, ele pensa ao se sentar, o desânimo potencializado pelo sorriso protocolar da chefe ao vê-lo de volta à sala. Como deve ser na casa dela?, ele imagina o marido, de barba feita e camiseta polo com os botões todos abotoados, ensinando o filho a fazer o gesto da arma enquanto ela, com um avental escrito "O melhor tempero da vida é o amor", mexe a comida na panela e diz: é isso aí, meu filho, bandido bom é bandido o quê?, e todos diriam num coro animado: mor-tô, e cairiam na gargalhada; uma cena grotesca que poderia ilustrar a campanha eleitoral de qualquer candidato do psl. Responde com outro sorriso e, ao mesmo tempo, inventa a decoração da sala de estar da chefe – bandeira do Brasil pendurada na janela, oratório de parede ao lado do sofá, réplica de espingarda emoldurada sobre o aparador cheio de porta-retratos da família sorridente, a criança banguela e o casal sempre abraçado –, disfarçando a repulsa que se funde com um tesão repentino, um desejo confuso e perverso de descartar o corpo dela pelo excesso de uso, porque ódio e tesão, às vezes, se misturam na cabeça. Lembra dos conselhos do pai ao fantasiá-la escorada na mesa, de costas, a bunda empinada, e ele controlando o movimento com as mãos nas ancas largas dela, os polegares encaixados nas covinhas de vênus – como pode uma mulher querer um machista misógino na presidência?, reage ao delírio amontoando perguntas e procurando soluções; como pode uma pessoa tão religiosa votar nesse maluco?, e o delírio se dissolve, enfim, numa pergunta mais solene: *quando foi que a barbárie se tornou remédio pra desilusão?*, um bom subtítulo para um livro de ensaios, e digita a frase no arquivo do Word, centralizando na lauda para ver como fica. Volta a olhar para a chefe – dessa vez com a repulsa de quem vê uma obscenidade deslocada – e, mais uma vez, viaja dois anos atrás; o atendimento mais tenso da minha vida, a mãe do filho morto pelo marido, aos prantos, diante de mim, dos colegas e da chefe que, mais tarde, comovida, questionou a humanidade, *como é que pode tanta maldade nesse mundo, meu Deus,* numa época em que o Bolsonaro não passava de um deputado inoperante com declarações polêmicas que faziam dele uma caricatura de algo já superado.

Festeja, pela enésima vez, com um suspiro de alívio, a mudança de área dentro do mesmo Departamento; praticamente não precisa mais lidar, cara a cara, com esposas de filicidas, microempreendedores falidos, conservadores com diploma EAD, neoliberais que mendigam REFIS, se bem que agora tem que dividir uma sala pequena com a chefe; e se foi pra isso que ela pediu meu remanejamento, pra me manter mais perto, do ladinho, nessa sala de paredes de Blindex com Insulfilm e persiana em todos os lados, vai saber, desconfia, sorrindo, satisfeito com a nova função, com a nova sala e, por um segundo, até com a chefe.

Mesmo dentro de um microcosmo, tem sempre um elemento que se rebela. Aqui no Conselho, a rebeldia é uma anomalia, ser de esquerda é estar constantemente sob a mira de um cuspe, é não só ter o demônio dentro do corpo, mas ser o próprio demônio. Quem disse isso, mais ou menos assim, foi o Martim, seu comparsa na rebeldia, o único colega de trabalho a quem se sente à vontade para chamar de amigo – e não poderia ser diferente, uma vez que as minorias farejam de longe seus carrascos, e se unem para somar forças contra eles, gosta da formulação, daria uma boa legenda de post no Instagram, ainda que seja um pouco hipócrita, ele reconhece, preto classe média que tentou a vida inteira se passar por branco –; só que ele disse com outras palavras, *não acreditar em Deus, aqui, é crime, se também for de esquerda, aí é crime qualificado,* a criatividade mordaz costumeira, *é capaz de abrirem processo administrativo e tudo,* e começou a contar a história de um psicólogo que não passou no estágio probatório para um cargo na Gestão de Pessoas, *parece que ele disse uma vez, na sala de convivência, no horário de almoço, que era ateu, tenho certeza que foi por isso que não ficou; é sério; eu ouvi o Fleury comentando no estacionamento, não sei com quem; foi ele quem vetou, claro; e tudo que ele fala a gestão de pessoas obedece, parece que manda mais que o Presidente; deve ter inventado uma história pra nin-*

guém questionar a injustiça que cometeu. Martim entra na sala com um box de DVDs na mão, *demorei, mas trouxe,* e se senta para a conversa rápida de sempre – de vez em quando polêmica e fuxiqueira, como a sobre o psicólogo, mas na maior parte das vezes discreta, como a de hoje, com a chefe à espreita. Começa falando do debate que acabou de terminar, dos candidatos a vice-presidente que *meteram o pau no Haddad o tempo todo,* do calor, do tempo seco, e que eu preciso de roupas novas, *tá até faltando um botão nessa sua camisa, Paulo.* Não satisfeito em ser apenas bonito, Martim também é vaidoso; pingente no pescoço, pulseira no pulso direito, um jeito distraído de andar, apesar da postura esguia, a cabeça sempre pendendo para a esquerda num desleixo tão elegante que parece calculado; e gasta boa parte de seu salário de Assistente com os melhores perfumes d'O Boticário e camisas da Ellus, o que possivelmente atrai ainda mais os olhares das estagiárias recém-contratadas – que logo se frustram – e passa a impressão de que ele é rico de berço, e aqui todo mundo tem medo de quem é rico de berço porque berço é terra, terra é dinheiro e dinheiro é poder, ele continua a especular enquanto escuta os elogios ao Marcello Mastroianni, à alfaiataria italiana e à genialidade de Fellini em "Oito e meio", *o cara fez o melhor filme de todos os tempos inspirado pela dificuldade de fazer um filme,* e se atenta para que a mão com a aliança não saia debaixo da mesa – a chefe já estourou minha cota de recebimento de felicitações por hoje. Martim não é rico e nem de berço – nunca conheceu os pais; foi adotado por um casal de portugueses de Angola, donos de uma mercearia pequena lá no Nova Esperança; Martim contou que, quando a guerra civil irrompeu, os pais adotivos largaram tudo em Malanje e voltaram para Portugal onde comeram o pão que o diabo amassou na periferia de Lisboa, depois em São Paulo, depois em Brasília e agora em Goiânia. Será que os pais dele sabem que ele é gay?, eu gostaria de saber, mas nunca falamos sobre isso abertamente, falta intimidade, talvez depois de assistir e comentar os filmes, de falar dos meus pais, da Rebecca; de qualquer forma, Martim não parece ter problemas com os pais, gosta de falar deles, contar dos perrengues que passaram, ainda que sem entrar em tantos detalhes – vai ver não sabem e nunca vão saber; é que, às vezes, quem é adotado tem mais medo do abandono por achar que pais adotivos sentem menos culpa por abandonar. *Pode ficar quanto tempo quiser, só faço questão que assista todos e que comente comigo; vou subir lá pra sala, senão vão me encher o saco*, e a chefa espera que ele saia para palpitar: *o Martim é elegante, né?*, enfatizando o *elegante* com uma pronúncia lenta e afetada, *sempre bem vestido, de barba feita, perfumado, bem diferente da maioria dos homens*, ele olha para ela simulando gentileza e sonhando ter coragem para perguntar: como você reagiria se descobrisse que seu filho gosta de chupar uma piroca?, desse jeito, enfatizando o piroca com uma pronúncia lenta e afetada, acho que ela olharia pro meu pau, assustada, mas cobiçosa, e depois sairia correndo – e ele presume o que o segurança lhe diria, se sua conversa com Martim acontecesse no pátio, algo como: ê, Paulão, fica esperto com esse tal de Martinho aí, escuta o que tô te falando, e ele desconversaria para evitar rusgas, falaria de futebol, de mulher, boceta, peito, bunda ou até mesmo de relógios de pulso.

Saber falar de mulher, boceta, peito, bunda sem parecer um adolescente deslumbrado com aquilo que só viu em filmes, revistas e sites na internet é uma qualidade da qual um homem precisa se servir frequentemente – e ele pondera se Martim tem essa qualidade, o que diria se precisasse descrever o corpo da nova secretária de gabinete e o que faria com ela, qual verbo usaria; comer, meter, enfiar, foder?; se mudaria a linguagem corporal, engrossaria a voz ou se inventaria uma desculpa pra ir embora. No entanto, essa é uma qualidade que se aprende fácil, em casa, desde cedo, e ele se recorda de quando o pai o levava ao colégio, apontava para as estudantes que saíam dos carros da frente, *de zero a dez, filhão, quanto pra aquela?*, e diante da resposta acanhada e do rigor das notas do filho – nunca acima de seis –, dava mais um de seus conselhos de frases feitas, *quem muito escolhe pouco colhe*, para, em seguida, sacudi-lo por um dos ombros, tirar o maço do bolso e se despedir – acho que esse conselho eu assimilei, ele ri, gira a aliança no dedo; para um lado, para o outro, devagar, como quem arrisca a combinação de um cofre e, antes de cogitar qual parte do corpo de Duda o pai olharia e comentaria mais, se chegasse a conhecê-la, tenta imaginar como o velho reagiria ao ouvi-lo dizer que uma vez beijou um homem e não achou tão ruim assim; pelo contrário, até gostou, que a boca nem era dura e que o pescoço era, sim, macio, perfumado, barba feita bem rente à pele, numa espécie de vingança ao que o pai não fez, mas faria sem nenhum pudor, assim como provavelmente endossaria as propostas e declarações do candidato da extrema direita, daria entrada no registro de CAC, compraria uma pistola barata que largaria na gaveta da cômoda, sem manutenção e sem munição, porque pra atingir determinado nível de filhadaputice é essencial ter grana e vitalidade, então, no fim das contas, só sobraria pra ele algumas discussões na padaria, no supermercado, na frente da distribuidora e um ou outro insulto a casais gays na rua, no elevador, na sala de espera do hospital; enquanto lê a sinopse de "Amarcord", *através dos olhos de Titta, Federico Fellini revê a sua vida familiar, a religião, a educação e a política dos anos 30, quando o fascismo era a ordem dominante*, e decide que será o primeiro a ser visto.

Abre os requerimentos novos num rompante de foco e disciplina. É, agora, alguém que requer cuidados, que não lê os livros e artigos que deveria ler, não assiste aos filmes que deveria assistir, não escreve, não estuda, não trabalha – um instante da mais pura lucidez, ele brinca, voltando a desfocar do trabalho, ainda que siga se autoavaliando e planejando os horários para maratonar o box do Fellini; primeiro "Amarcord", depois "Oito e meio", "A doce vida" e, por último, "Satyricon"; e a ler o livro que o André lhe emprestou. Deveria ler mais poesia, também, a começar por aquele livro recomendado pela Rebecca, de uma poeta polonesa de nome difícil – ele comprou e sequer tirou do plástico; e não deve tirar, os acessos de lucidez não costumam durar muito tempo, embora não admita, mantendo a fé em si mesmo –, e por que não os clássicos nacionais?, pra fugir um pouco do surrealismo; ler Drummond, Bandeira, João Cabral, até Quintana – *tô nem aí se é batido, se uma penca de gente tatuou, se todo mundo conhece,* Rebecca levantou a blusa no Hops para mostrar a costela com um poema do Quintana tatuado em letras cursivas; *olha aqui,* e apontou para a perninha do último o que se estendia formando um galho com dois pássaros empoleirados, *não me arrependo.*

A esquerda sem querer cavou a própria cova, Rebecca começou a divagar com o copo de cerveja na mão em uma tarde de sábado no Paim, na Ricardo Paranhos com a 1.123 – e ele interrompe a lembrança para recapitular os encontros em ordem cronológica, dedo por dedo, a mão escondida debaixo da mesa, acho que foi no sexto –, *sem querer ela gerou a plateia que dá voz a esse verme,* até que alguém a chamou pelo nome num grito quase histérico de surpresa, *é minha prima,* ela avisou antes de se levantar para o abraço saltitante – a tia vinha atrás, retraída, acenando de antemão para se livrar da recepção calorosa –, *esse é o Paulo, amigo meu, amigo da Juliana também, lembra dela?, uma bem baixinha, professora, que viajou com a gente pra*

Aruanã não lembro quando, que canta super bem. Sai da sala outra vez sob efeito da lembrança do desenrolar daquela tarde – *vou tirar meu intervalo* e a chefe autoriza com um sorriso –, para evitar distrações, focado como um palestrante que revisa o conteúdo para então subir ao palco. *A ditadura não foi bem isso que a mídia pinta*, a tia falou entre resmungos da filha, depois de ouvi-la declarar voto no Geraldo Alckmin – *acho que é o menos pior* – e criticar os entusiastas da ditadura militar; uma intervenção acanhada, a voz baixa, nem parecia querer ser ouvida, saiu insegura mas obstinada, como um aluno pedindo permissão para discordar, *naquela época, tudo era melhor* – e ele resgata uma fala semelhante de um dos sócios da Duda, num dos tantos coquetéis organizados pela empresa ano passado: *na ditadura não tinha violência porque bandido sabia o que aconteceria*, Duda deu um gole longo no suco e, com a outra mão, afagou meu joelho pedindo paciência; *mas meu pai, mesmo pobre, teve boa educação durante a ditadura*, Duda comentou, na volta, *tinha até aula de Francês na escola dele*, retrucando a antipatia que ele destilava no carro, onde chamou o rapaz de *elitista*, passando por *imbecil* e chegando em *filho da puta*. Rebecca questionou a tia, *é sério isso?*, sorrindo, querendo não parecer tão incrédula, *vagabundo é que protestava contra a ditadura, Rebecca, porque se vivia bem melhor, o país progredia, os militares puseram ordem, controlaram a inflação, investiram em infraestrutura e enterraram essa sandice comunista de reforma agrária, onde já se viu tirar terra de gente de bem pra distribuir pra vagabundo; eu era criança, mas vivi aquela época, não se via essa quantidade de mendigo e trombadinha na rua, essa bandidaiada que a esquerda adora passar a mão na cabeça; além do que não tinha corrupção,* ele até cogitou se meter, fazer uma observação curta e categórica, uma frase de impacto, serena e, ao mesmo tempo, combativa, mas não conseguiu pensar em nada – e lamenta a falta de iniciativa, se eu fosse mais ousado talvez, os olhos agora apontados para a panela de água fervendo no fogão da copa para uma nova remessa de café – para preencher o espaço breve de silêncio entre a fala da tia e o revide furioso da Rebecca, *tia, na ditadura nem fiscalização das contas públicas tinha direito, os dados não eram transparentes, obras faraônicas eram feitas sem nenhum controle de gastos, orçamentos secretos, o país se endividou pra caralho; não sei que ordem, que progresso; e faz sentido a senhora ser contra a reforma agrária mesmo, já que desfruta tanto da concentração fundiária, onde já se viu peão que trabalha no seu milharal ter a própria lavoura né; e a senhora sabia que o Maluf, o Sarney e o Collor foram do Arena?, que a Camargo Corrêa era a Odebrecht do Delfim Netto?; a senhora não deve nem saber quem é Delfim Netto; mas sabia que a própria Odebrecht, que era uma construtora mequetrefe da Bahia, só se tornou gigante depois dos esqueminhas com os militares?, e tem outra, eles não torturavam só comunista-vagabundo,* e sorriu irônica, ditando devagar com os dedos em aspas ao lado do rosto, *também matavam jornalista que denunciava, olha só que ironia, esquemas de corrupção; isso sem falar que tem que ser muito desumano pra defender um governo que estuprava, torturava e matava a torto e a direito homens, mulheres, grávidas e até crianças; era percevejo no cu, aranha na boceta, consegue imaginar uma aranha na sua boceta, tia?; pois é; e não era só isso não, a crueldade ia bem mais além; é só dar uma pesquisada rápida no Google que você vai ver, bem melhor do que ficar se informando em grupo de WhatsApp; na ditadura, o país parecia melhorar pra você, que vivia como uma sinhazinha numa fazenda de oitenta alqueires em Morrinhos, cheia de empregados, sem saber o que acontecia fora do seu círculo fazenda-escola-igreja*, olhou para ele, *vambora?*, pagaram a conta no caixa e saíram apressados, ela na frente puxando-o pela mão. *É difícil*, Rebecca disse ao virar na esquina, já longe do restaurante, *aguentar tanta porcaria*, a voz vacilava, *como é possível que ainda tenha gente que pense assim?*, e ele a abraçou com uma sensação de triunfo – esse vício por se sentir necessário, esse fascínio pelo vulnerável, muito mais social do que biológico, supõe depois de encher dois copos com o café recém-passado – e os dois seguiram pela rua, a pé, ela segurando o choro e ele a euforia.

Não sei se é conciliação ou ruptura, a cabeça atrás de uma ideia, um axioma novo, uma frase bem polida para inserir no romance iniciado, para abrir um parágrafo ou um capítulo – e ele sorri ao entregar o café para a chefe que, surpreendida, *obrigada, Paulo, que gentil; tá rindo do quê?*, olha de viés, parece desconfiada, ele deduz ao voltar para a mesa, vai ver ela pensou besteira, sei não. Esse negócio de ser/estar pragmático, de sempre voltar pra linha reta, a cabeça continua, quer exumar os fragmentos de tudo aquilo que ele tinha sido ao longo da vida, para ver se encaixam naquilo que está se tornando – os olhos na aliança. Recorda dos tempos de Universidade, do grupo de estudos sobre Marx e Gramsci do qual participou uma única vez, *tá muito corrido pra mim*, ele repetia a desculpa ao recusar também os convites para as reuniões sobre raça e etnia do Coletivo Rosa Parks. Um estranho de camisa abotoada até o pescoço, calça social e sapatos de couro sem cadarço caminhando pelos corredores da faculdade de Letras ostentando o crachá do Conselho como se fosse uma medalha de mérito; a arrogância do universitário de carteira assinada que acha que tem mais o que fazer, ele desdenha de si mesmo e faz um paralelo vergonhoso entre sua imagem de cara limpa e roupa passada no Campus e o *traumatismo cranioencefálico* – nunca esqueceu a frase na reportagem: *ele sofreu traumatismo cranioencefálico e múltiplas fraturas*, logo abaixo de uma sequência de quatro fotos mostrando o momento exato da agressão, o cassetete afundando a testa e o logotipo do Bradesco ao fundo, no letreiro de um prédio na Goiás com a Anhanguera – de um ex-colega de curso; correligionário nada covarde; numa das manifestações contra as reformas do Temer, enquanto revê uma foto da Rebecca no ato do final de semana contra o Bolsonaro, de camiseta rosa com o David Bowie estampado como Ziggy Stardust, o *ele* em uma bochecha e o *não* na outra, e o sorriso de quem ainda tem esperança.

Odiei o personagem, Rebecca escreveu no texto do e-mail cujo assunto batizou de *O veredicto*, com "c" mesmo – uma referência clara a Kafka, eu saquei na hora, vai ver ela queria chamar minha atenção –, *o que torna o conto muito bom hahaha,* e ele não sabia se aceitava o elogio porque a sua intenção não era criar um personagem odioso. *A intenção é fazer com que o leitor tenha um pouco de compaixão por ele,* foi o que disse à Duda, meio que por precaução, assim que ela tirou os olhos do papel, antes que ela suspeitasse de qualquer coisa – leitores esporádicos têm essa mania de achar que o autor só fala de si mesmo. O conto não tem nada a ver comigo, dessa vez um meio giro para virar de costas para a chefe, não consegue conter o riso depois da descoberta repentina de que está agora no mesmo calvário de seu personagem – e se imagina dentro de um filme pífio do Supercine, a fantasia tomando conta da realidade, Paulo no país das intriguinhas –, como se seu ego reprimido se disfarçasse de ficção para romper ou se conciliar com seu superego – e a voz arrastada e sussurrante da Rebecca, completamente bêbada em um encontro de última hora no meio da madrugada, lhe vem à cabeça, bem didática com os olhos vidrados na boca dele, *vou simplificar pra você nunca mais esquecer a diferença: meu id quer te acorrentar na cama, meu ego quer te beijar e meu superego quer você bem longe.*

Tinto não dá, é pesado demais pro calor de Goiânia, Duda costuma dizer entre goles miúdos na taça de vinho branco que nunca esvazia e, apesar do esforço, ele não encontra nenhum registro mental dela bêbada, nem parcialmente – corpo e mente obedientes, sempre sabe a hora de parar e procurar a cama quando chega na borda da embriaguez. Nesse ponto, Duda é como minha mãe, pensa e, em seguida, faz uma careta de reprovação, embora fosse melhor que minha mãe bebesse, descontasse as mazelas no álcool, como meu pai fazia; assim, pelo menos, ela poderia estar aqui ainda, fedendo a cachaça mas aqui, e não teria gasto as horas preciosas de uma vida tão curta escondida no quarto de empregada daquele apartamento enorme do Bueno, na T-37, de paredes vazias e colchão velho, mole, nunca trocado, escrevendo, pensando, escrevendo sobre o que estava pensando, escrevendo sobre escrever sobre o que estava pensando e fazendo muito pouco. Até que um dia, fez demais. O pai, por outro lado – ele volta a cadeira à posição certa, de frente para o computador e para a chefe, certo de que a lembrança era boa e que seu semblante não provocaria perguntas –, bebia todos os dias; cerveja, uísque, cachaça, às vezes vinho, tinto e branco; mesmo quando não tinha nenhuma mazela pra descontar, quando nenhuma loja em Goiânia vendia gôndolas e porta paletes como a dele; bebia em casa, na varanda com mesa e cadeiras de vime sintético, bebedouro pra beija-flor pendurado, bem bonita – quase ri ao lembrar do bom humor com que o pai voltava para casa depois de passar parte da noite no Copacabana, bar do lado do prédio, querendo estender a bebedeira, sacola cheia de long necks em uma das mãos e, na outra, uma porção de frango à passarinho, sempre quentinha, enrolada no papel forro engordurado, botava pra tocar o vinil "Roberto Carlos Em Ritmo de Aventura" nas alturas; fecha os olhos como se ouvisse o disco, o arranjo de sax da primeira faixa; e puxava a mãe pra dançar, *você que é o terrível, não o Roberto*, que não conseguia segurar o riso e o corpo; o riso se soltava no primeiro *eu sou terrível* que o pai nunca deixava de cantar junto, emulando a voz fanha, e o corpo se entregava na segunda faixa, quando ela apoiava a cabeça no peito dele e, de olhos fechados, sorria de orelha a orelha enquanto ele se esforçava para não desafinar ao cantar o segundo verso, *mas com palavras não sei dizer*, já esquecida de odiá-lo por mais uma traição provável. Uma ou duas vezes por semana, as mesmas long necks, a mesma porção e a mesma dança ao som do "Roberto Carlos Em Ritmo de Aventura" – e ele olha para a chefe num anseio de conversar com alguém para falar que o mundo demoniza demais os bêbados, só falam da sarjeta, da sujeira, da desonra, e esquecem que, de vez em quando, o porre torna alguém melhor, mas o anseio some depressa e ele gira de novo a cadeira para esconder o rosto porque, nesse seu passado, mesmo a melhor das lembranças tem uma fração gorda de desastre.

Nada não, ele responde à chefe com um sorriso esforçado, *tava lembrando de umas coisas;* o telefone dela toca, *vou ter que subir lá no Registro, parece que alguém deu entrada na carteira com diploma falso, no Atendimento* – salvo por um falsário. Assim que ela sai alguém reabre a porta, *o senhor que é o Paulo Henrique?*, mais um inconformado com a multa, todo acanhado diante do único carrasco que parece ter compaixão, *eu falei com o senhor por telefone sobre uma multa faz uns dias, quero ver se pode me ajudar porque não tenho condições de pagar isso, eu só fiz um puxadinho no fundo do meu barracão;* a chefe seria impiedosa, diria: não importa, toda edificação exige acompanhamento profissional, e, depois que o sujeito fosse embora ela, aos risos, complementaria: até casinha de cachorro precisa de anotação – diria com razão, ele reconhece, ao mesmo tempo em que elabora a melhor maneira de dizer a mesma coisa. *Tem que ser assim, o* CREA *tá aí é pra fiscalizar e fazer com que todo serviço de engenharia tenha um profissional pra responder por ele*, Duda respondeu à reclamação que ele fez ao rigor da fiscalização meses atrás, a fala categórica de quem defende a classe com unhas e dentes, *mas aí não dá pra culpar o* CREA *por causa de uma nota emitida errada,* antes que ele terminasse de falar do caso de um microempreendedor individual que foi multado pelo exercício ilegal da profissão de agronomia ao ter cortado a grama do jardim de um prédio. A Duda é sempre tão prática, ele pensa, chateado, vendo o sujeito sair da sala de cabeça baixa depois do *agradeço mesmo assim* quase inaudível, buscando na frieza de Duda um refúgio – ou um estímulo, preciso dela porque ela me estimula a encarar melhor o mundo, e olha para a aliança, à procura do misticismo, porque se sujeitar ao pragmatismo que o mundo exige dos vencedores não deixa de ser uma forma de se abandonar à própria sorte, divaga com o Word aberto, esperando um lampejo de criatividade.

A carta, em que chamou Duda para sair pela primeira vez, começava com: *Hoje em dia, ninguém mais escreve cartas* – o que também é um clichê, essa coisa de falar com uma melancolia presunçosa que ninguém mais faz aquilo que se está fazendo, de achar que reviver coisas obsoletas é um gesto grandioso. Ela hesitou em aceitar o convite de um quase desconhecido com quem esteve somente por três vezes, no guichê 5 do Atendimento do CREA, para tratar de seu registro profissional e de sua inclusão no quadro de uma empresa, mas gostou dele – foi o que ela disse: *gostei de você*, ele lembra de quando perguntou, na cama, algumas semanas depois do primeiro encontro no cinema, *por que você aceitou aquele convite bizarro daquela carta bizarra?*, e ela acrescentou que o convite foi engraçado, *você parecia mais interessado na programação da mostra do que em mim*, soltou uma gargalhada, *escreveu em letra de forma o nome de todos os filmes com a nacionalidade de cada um deles ao lado, entre parênteses, e o nome dos diretores em letra cursiva, bem bonitinho; bizarro, mas bonitinho.* Hoje em dia, ninguém mais escreve cartas, mas ele nunca parou, nem mesmo quando sua mãe escreveu a última e parou para sempre. Quando criança, ele gostava de vê-la sentada na cama do quarto de hóspedes escrevendo no papel almaço apoiado na coxa – ela passava horas e horas, ele recorda e respira fundo, remontando uma saudade dolorosa, amassava e jogava as bolinhas de papel no chão, *ficou ruim*, e eu perguntava a cada ponto final: *essa é pra quem?; e essa?; e essa?*, eram cartas para as irmãs, tias, sobrinhos, sobrinhas e, às vezes, para ela mesma, dizia: *de vez em quando, escrevo pra mim mesma e depois releio, meu filho, é como guiar o futuro através do passado.* A última carta da mãe: declarações de amor e um anúncio enigmático – *vou voltar pro Rio, pra minha família, minhas irmãs, não sei como, mas vou tentar voltar, espero que dê certo* – que ele respondeu no mesmo papel almaço, depois do Post Scriptum; pulou uma linha e despejou tristeza e raiva como se aquele papel fosse uma extensão perecível da existência dela, onde poderiam se comunicar até que se ocupassem todas as linhas.

Ele pula uma linha no arquivo do Word e escreve *Rebecca* como quem pede socorro, porque não dá para se deter em todas as lembranças – põe os olhos no relógio, o único vínculo material que ainda tem com o pai, embora remeta à mãe em frente ao espelho da sala pondo os brincos enquanto dizia: *amor, se eu fosse você só usaria o pequeno, de pulseira de couro* que, não fosse ela esconder, quando o império das gôndolas começou a ruir, também viraria pagamento de dívida. É como guiar o futuro através do passado, retoma a frase da mãe, teimando em desfiar uma saudade quase insuportável e que não serve para nada, porque tem passado que morre matando o futuro, mãe. O pai, no entanto, pareceu enxergar, na morte da esposa, a brecha perfeita para se queixar da interferência dela em sua vida sem que ela pudesse contestar, *tua mãe bem que podia ter me deixado sem essa,* e usá-la como pretexto para voltar a jogar, fumar e beber ainda mais – quem sabe porque o pau já não subia e ele precisava ocupar o tempo que antes dedicava às putas; ou à puta, já que só conheci pessoalmente a Abigail, ele se recorda de quando o pai apareceu em casa com uma mulher, durante uma das viagens da mãe ao Rio de Janeiro para rever a família, *filhão, essa é minha amiga Abigail, a casa dela tá em obra e ela veio dormir aqui hoje, tá?, mas não conta pra tua mãe, senão já viu né?, fica como um segredo nosso; sabia que ela nasceu no mesmo dia que tu?; legal* né?, alta, cabelos castanhos, pele amarelada, rosto de alguém mais velho do que o corpo poderia indicar, sombra verde nas pálpebras, combinando com o vestido justo, e dentes encavalados dos quais ela parecia se envergonhar pois na manhã seguinte, sóbria, só sorriu de boca fechada; mas eu gostava dela, confesso, não contei pra minha mãe, queria que ela voltasse pra me dar mais pacotes de figurinhas do Campeonato Brasileiro; e ela voltou, várias vezes naquele ano, nem sempre durante as viagens da minha mãe, nem sempre com pacotes de figurinhas, mas nunca sem presente; uma vez ela trouxe um livro com um elefante fazendo embaixadinha na capa, *soube que você gosta de ler,* mas meu pai não me deixou ficar, *ficou maluca?, A Lena lê todos os livros que entram aqui, até catálogo de porta paletes ela lê, se ela vê essa dedicatória, fodeu,* até tentou cochichar, mas eu ouvi; a desculpa foi que é livro de gente grande –, gastando a aposentadoria baixa e o aluguel de um imóvel comercial velho e minúsculo no Crimeia Leste, perto da Praça Coronel Vicente Sanches, para onde tinha transferido a loja numa tentativa irrisória de cortar gastos – e que só serviu para aumentar as dívidas numa progressão menor e retardar a falência por alguns meses ou semanas. Ele lembra que a mãe encarou o fim da loja com otimismo, *é bom que a gente recomeça nossa vida sem repetir os mesmos erros,* e, sem saber se ri ou se reclama, tenta se distrair colocando o Rebecca em itálico e trocando dezenas de vezes a fonte até se contentar com a Century Schoolbook L, o que, estranhamente, funciona e ele consegue se distrair por uns segundos. *Sem tua mãe acabou, filho, não tenho mais nada a perder,* era como o pai tentava legitimar o modo como levava a vida até morrer, há pouco mais de três anos, de um edema pulmonar e com o fêmur fraturado depois de uma queda infantil na calçada da Avenida Goiás ao final de uma manifestação pelo impeachment da Dilma – no enterro dele eu fui, tive que ir; só lembro de estar com pressa, tanta pressa que chutei a terra dezenas de vezes pra ajudar no enchimento da cova, e de sentir um alívio também, uma quase paz. *Minha mãe escrevia cartas quase todos os dias e, quando criança, eu gostava de imitá-la, sentava no chão e escrevia cartas aleatórias pra Angéli-*

ca, pro Ronaldinho, pro Nino do Castelo Rá-Tim-Bum e até pro Darci Accorsi, uma vez, quando minha mãe brincou que eu pedisse a ele pra trazer mar pra Goiânia, Rebecca respondeu com duas linhas cheias de hahaha, *por que seus pais se mudaram pra cá?*, e ele contou a história de sua família em um áudio longo do qual se desculpou. *Imagina, posso te ouvir por horas e horas.*, e ela, então, pediu uma carta escrita à mão, em folha pautada, lacrada em envelope, *e eu vou te dar uma também* – no dia seguinte deixou, na recepção do Conselho, a carta trabalhada com esmero, enrolada em forma de canudo, com um laço dourado, a folha envelhecida no forno dando um tom sépia e uma textura áspera, e a letra com aquela caligrafia pomposa de manuscritos antigos, *Apéritif, aqui em casa, sexta às oito, Rua t-27, número 300, apartamento 2004,* e, por fim, seu lamento de sempre, *Goiânia não combina com literatura e menos ainda com romance epistolar.*

Foi um filme argentino, *Relatos Selvagens*, ele diz sem pensar muito, o filme ainda nítido na cabeça. *Sensacional,* disse ao sair do cinema, ansioso pela reação de Duda, que precisou ser solicitada, *gostei,* mas ele insistiu com uma ponta de frustração e uma nesga de esperança de ouvir dela um elogio entusiasmado ao filme. *Acho que as histórias mostram como a sociedade e a humanidade vivem à beira do caos e do animalesco, e o filme ainda consegue extrair humor no meio de tanta violência,* e ela discordou com um tom displicente, como quem não quer se alongar no assunto, *é que pre-*

firo quando tem só uma história, quando é linear, tipo ler um romance e um livro de contos, a gente sempre fica mais envolvido no romance, é difícil ler um livro de contos inteiro, do início ao fim, geralmente a gente lê um conto ou outro, mas eu gostei do filme sim – ela parece ser bem sistemática, pensou, relembrando o primeiro atendimento, os documentos tirados de um envelope pardo, cada original preso em sua cópia com clipe, o diploma e o histórico do ensino médio que não eram necessários e estavam em ótimo estado, além das quatro opções de foto 3×4 e a seriedade que só se desmanchou quando ele rasgou o canhoto do protocolo com a régua e percebeu que tinha rasgado também o requerimento que estava embaixo, ela abriu um *sorriso que ri o rosto inteiro, enruga tudo, tão bonito, parece que tá à beira de um espirro,* fala olhando a porta para ver se a chefe não está chegando, *aquele sorriso foi o martelo que me arrebatou,* volta aos processos pendentes, mais um Engenheiro de curso à distância, se o delinquente for eleito, esse negócio de EAD vai virar regra, e abre o site da universidade para verificar a autenticidade do diploma.

Mas se o sorriso arrebata, o que sustenta o arrebatamento é a opinião política, e ele sorri antes de clicar para devolver ao requerente o requerimento on-line com os boletos anexados – *favor enviar os comprovantes de pagamentos dos boletos referentes às taxas de registro, anuidade e expedição de carteira, que estão em anexo –*, prestes a zombar da pergunta que fez à Duda, na segunda vez que saíram – a estreia de uma mostra de arquitetura e design de interiores no prédio recém-inaugurado de cinquenta andares cujo empreendimento a construtora da Duda fez parte; *o mais alto do Brasil, sabia?, é bom que cala a boca de quem diz que Goiânia é roça*, alguém disse, em uma das tantas rodas de conversas em que acabaram se enfiando, e ele imaginou um wallpaper de celular com o prédio em destaque numa foto noturna, será que esse cara realmente vê num prédio alto e espelhado o suprassumo da civilização?. Ele apaga o Rebecca centralizado na lauda e escreve: sobre o entulho de um país arruinado, é difícil tolerar quem não quer varrer os destroços – Duda respondeu que era contra o impeachment, *não é saudável pra democracia, né*, a taça de espumante cheia e o mesmo tom displicente; e ele se satisfez com a resposta dela, talvez por causa do sorriso que veio a seguir, mas nisso ele não pensou *porque tem hora que não dá pra pensar muito*, disse a André, antes que o amigo o condenasse por ter dormido com Rebecca e perguntasse pela Duda, com provocações do tipo *mas a outra não tem namorado?*, como se eu e a Rebecca tivéssemos inventado a traição. *Foi uma manobra política, o tal do grande acordo nacional*, Rebecca gesticulou como se imaginasse a última frase num letreiro; e ele acompanhava, apreensivo, o baseado previamente enrolado, flutuando entre os dedos de uma das mãos dela, *são três da madrugada, fica tranquilo que os vizinhos estão no décimo sono já*; acendeu, deu uma tragada e continuou, *aquele diálogo me deixa puta da vida*; engrossou a voz, *com o supremo, com tudo,* imitando um locutor de rádio; é muita canalhice; o que a Dilma fez todo mundo faz e todo mundo fez, Lula, FHC, todo mundo, e se virou de barriga para baixo, agora totalmente descoberta – e ele fecha os olhos para tentar reviver o corpo da Rebecca no quarto; aquele nevoeiro de fumaça, a cena embaçada como num filme antigo, e ele ri da comparação, ela na cama como a Brigitte Bardot naquele filme do Godard, e lamenta não ter pensado nisso no momento, ela diria rindo: sou muito mais eu; e o comunicado curto e categórico que ela faria ao fim daquela noite talvez fosse adiado.

Abre os olhos e lembra que, na cama, Duda gosta de ficar por cima e que Rebecca fez questão de ficar por baixo, com as pernas juntas, *assim sinto melhor seu pau,* e cravava as unhas lascadas nos seus braços sem medir a força, um movimento sutil no quadril para guiar a penetração, que não podia ir tão fundo, *não vai muito forte que dói,* e ela pedia para ele parar, *espera, deixa eu tentar te apertar,* e, sob as ordens dela, ele retomava aos poucos o ritmo que, por alguma explicação, tinha que ser sempre compassado. De vez em quando, as expectativas se quebram no sexo, em cacos, e talvez esteja aí boa parte da sua graça, avalia; a Duda, por exemplo, gosta de ir por cima, por baixo, de quatro, de lado, em cima da mesa, da pia, atrás da porta, ser chamada de putinha, cachorra, safada, piranha, usar algemas, ser enforcada, roçar a pele em lâmina de faca – só não gosta de vendar os olhos, quer assistir a tudo sempre – e, quando acaba, amarra o cabelo e me manda levantar pra arrumar o lençol que escapou do colchão. E o mais estranho – desce a barra de rolagem pela pasta de Downloads até a foto que deixou salva apenas no computador do Conselho, a única foto que ele e Rebecca tiraram juntos, os dois sentados lado a lado no bar; outra das tantas idas ao Shiva; ela com uma camiseta do The Cure escorando a cabeça no seu ombro e ele olhando para o lado, constrangido – é que a Rebecca não quis, em nenhum momento, mudar de posição, *se aquela me dá prazer, pra que mudar?*, se explicou sem que ele a questionasse, depois de apagar o baseado, *desse jeito consigo sentir bem seu pau na minha boceta,* virou de lado, *além do que, sinto direitinho ele pulsando dentro de mim depois de gozar, latejando até sair a última gota,* tracejou lentamente a própria virilha, com um meio sorriso de boca entreaberta, como se quisesse prepará-lo para mais uma. Doce ilusão, ele fecha a foto e ri, porque Rebecca subitamente ficou séria e retomou a conversa que tiveram horas antes, *o que eu falei no restaurante continua, tá?*, e ele define que sexo é pouco, é somente um excesso momentâneo de intimidade que quase sempre satisfaz; prefiro um sorriso que nunca deixa de arrebatar do que uma transa maravilhosa que vai minguar com o tempo.

A chefe volta apressada, *deve ser um caso isolado, mas reforça com as inspetorias pra não protocolarem sem apresentar os originais em hipótese alguma, vou alertar o pessoal no Atendimento,* a voz um pouco ofegante e um esboço de suor no canto da testa, *agora vou ali na coordenadoria de educação,* e a fantasia de vê-la escorada na mesa com a bunda empinada se enriquece com a voz ofegante pedindo mais, isso, vai, não para, algo que só ouviu na adolescência, nos relatos dos amigos que se gabavam pelas conquistas com aquela riqueza duvidosa de detalhes ou nos conselhos que o pai dava sem ser questionado, *primeiro você dá um tapinha mais fraco; aí, quando ela pedir mais, você bate forte, pra marcar mesmo, elas gostam, vai por mim*, e ele se levanta e sai para encher a garrafinha d'água e fechar a página de mais um delírio. Ao lado do filtro, em frente ao banheiro, a faxineira argumenta com o Assessor Institucional de Políticas Públicas – um comissionado baixinho, quase calvo, pouco menos que quarenta anos e que nunca trabalha sem blazer –, *de jeito nenhum, não voto nele nunca; é que o senhor é vida boa, não sabe o que é criar quatro filhos sozinha com um salário mínimo, nunca teve que pedir dinheiro na rua pra conseguir encher barriga, catar resto de comida na caçamba da* CEASA; *foi só com o Lula que parou de faltar comida pra nós, que passamos a comer uma carne decente de vez em quando, já esse capitãozinho aí só sabe espernear, fazer polêmica, proposta pra gente que é mais pobre?, nada*, a cada pausa o Assessor abre um pouco mais a porta do banheiro, *mas o que é que o senhor tem a ver com pobre, né?*, e o Assessor sorri como quem finge falar sério com uma criança, *é, mas e o* PT *que quebrou a Petrobrás, quebrou o país e institucionalizou a corrupção?, agora deixa eu entrar que tô apertado, até mais dona Edna, domingo é 17; guarda um cafezinho lá na copa pra mim?*.

Você devia estudar Engenharia, Paulo, a chefe disse na semana seguinte à confraternização onde ela e Duda se conheceram. Embora Duda pareça ter saído de um curso de etiqueta, ela não vem de uma família rica como a Rebecca, o que não a impediu de se tornar sócia-diretora de uma das maiores construtoras do Centro-Oeste e ainda abrir uma loja de materiais elétricos antes de completar trinta anos, *sua namorada tá bem, hein?,* a chefe se impressionou ao ver a ficha dela no sistema, os honorários na ART de cargo/função, *essa é pra casar,* e caiu numa gargalhada sem deixar de olhar para ele, como quem provoca e teme a reação, *mas é sério, se você fizer Engenharia já vai sair da faculdade empregado, com a namorada que tem,* e ele concordou acenando com a cabeça para enterrar o assunto, se bem que ela tinha razão, eu devia ter feito Engenharia ou Administração, ou Direito ou Economia, ou que fosse História, *tudo menos bacharelado em Estudos Literários,* a voz baixinha e lamentosa e os olhos no post-it cor-de-rosa no topo do monitor, que não só cobra a tese como também sugere a busca de alternativas já que, se a gente perder essa eleição não vai faltar esforço pra destruir as universidades públicas e vender todas as estatais, reflete ao longo de uma respiração demorada; e desce os olhos até a aliança, abre bem a mão para vê-la melhor no dedo; uma resposta ao post-it, ele brinca; o casamento é a alternativa perfeita. E se foi só uma vontade de ser diferente?, cogita – um acesso quase permanente de rebeldia de um adolescente não-tão-bem-de-vida-assim?

– e, antes de se aprofundar na ideia, ele muda o rumo do raciocínio, *e se foi o reflexo de quem prevê o fracasso?*, espia o pátio para ver se a chefe está perto, *e se eu quis rejeitar o caminho óbvio porque nunca teria o mesmo sucesso que meus amigos de infância?*, porque é mais ou menos assim que funciona, começa a se aprofundar na ideia nova na segurança do silêncio e no conforto do encosto da cadeira que range ao receber as costas já cansadas, *são quase cinco,* e se apressa para salvar o arquivo do Word com as anotações.

Classe média é uma classe social presente no capitalismo moderno que se convencionou a tratar como possuidora de um poder aquisitivo e de um padrão de vida e de consumo razoáveis, ele lê, na Wikipédia, à procura de uma definição simples e rápida, sem termos obscuros como burguesia e meios de produção, *de forma a não apenas suprir suas necessidades de sobrevivência como também a permitir-se formas variadas de lazer e cultura,* mas o trecho é impreciso, incapaz de abarcar uma família como a minha, ele julga ao fechar a aba do site, uma família que foi definhando até ficar sem nenhuma forma de lazer e cultura, e suprindo mais os vícios do pai do que as necessidades de sobrevivência – ele reconhece o exagero mas não se importa, como se fosse necessário conservar o ódio pelo pai em defesa de seu bem-estar. Nosso dinheiro ia diminuindo enquanto o PIB do país só crescia, pensa durante a última conferência na pasta de processos pendentes, *só sobrou um, amanhã eu mexo* – a primeira coisa que mudou foi o destino das viagens, depois a qualidade dos hotéis, dos restaurantes, o carro, depois paramos de viajar, ir a restaurantes, encerramos o pacote da tevê a cabo, trocamos a marca da manteiga, Coca por Pepsi, as peças de carne, depois o apartamento, o colégio, o plano de internet, substituímos a manteiga pela margarina, Pepsi por Mineiro, carne três vezes por semana e, no meio do caminho, teve a morte da mãe, que acelerou ainda mais a pulverização do patrimônio e obrigou meu pai a trocar de uma vez por todas o Courvoisier pelo Domecq. Restou o imóvel do Crimeia Leste, que ele vendeu por uma pechincha depois que o pai morreu, e o quarto-e-sala da Rua 99 – reclama como se o pai pudesse ouvir: *tinha que ser poente?*, e, em seguida, ri ao lembrar que o contrato de promessa de compra e venda foi assinado ontem, pouco antes de ir ao Shopping, e ele nunca mais vai precisar morar em um prédio cujo regimento interno impede a instalação de ar-condicionado *pra manter o arranjo estético e a harmonia arquitetônica do edifício*, é o que o síndico diz em toda assembleia –, pechincha ainda maior em uma espécie de ponto de intersecção entre o Centro e o Setor Sul, de frente para um minicassino montado nos fundos de um escritório de advocacia – uma Goiânia que combina com literatura, sorri, até cogita mudar a descrição da rua no conto depois, *acho que ela iria gostar*, e imagina Rebecca xingando o narrador-personagem em um balão de comentários e elogiando o conto com uma porção de pontos de exclamação em outro.

Mas, se ele perdeu, foi porque um dia conquistou, ameniza durante a espera monótona pelo computador que *tá demorando muito pra desligar, tá muito pesado, preciso deletar algumas coisas,* e a frase que sua mãe nunca se cansou de repetir, nem mesmo quando se cansou de absolutamente tudo – *olha lá como você fala, teu pai é um bom homem, sempre trabalhou duro pra poder te dar tudo do melhor* –, lhe volta como um pedido de calma. É a primeira vez que a frase não desperta o protesto habitual: *mãe, na boa, você ama errado,* diante da qual ela reagia rindo, *ama errado-ama errado, só você mesmo, meu filho* – com o tempo, a expressão acabou se tornando uma brincadeira entre eles e amar errado passou a incluir outras práticas; esquecer a luz da cozinha acesa antes de dormir, derramar sorvete no lençol da cama, demorar no banho quente, colocar lixo orgânico no lixo reciclável e vice-versa e, sobretudo, quando ela não deixou que ele fosse à Pecuária com os amigos no seu aniversário de dezoito anos, *amo errado sim senhor,* ele se trancou no quarto e ela, rente à porta, completou com uma pergunta: *e tem outra forma de amar que não seja errando?* –; e ele lembra, ao desligar o estabilizador, da mãe determinada a tirar o pó de uma memória penosa, *não sei o que seria de mim se não fosse teu pai,* a voz suspirosa pelo corredor, *você não faz ideia do que eu passei antes de vir pra cá.* As discussões entre mãe e filho sempre começavam com uma reclamação, *teu pai só paga as contas depois que os boletos vencem e, se eu falo um A, ele começa a gritar, xingar, bater porta,* guarda o crachá e o carimbo na gaveta e ri da lembrança, meio sem graça, um riso indevido, *homem acha que é dono da gente,* e a chefe volta apressada, o suor ainda mais espalhado na testa, *deu a hora, né?,* e se abana ao sentar, olhos fechados e peito estufado, *ai, que calor –* essa carinha aí, deixa eu ir embora senão, e se despede sem olhar para ela. *Sorte que você saiu um pouco mais clarinho, meio café com leite, com esse cabelo mole aí e o nariz pontudo igual o do teu pai,* a mãe riu da própria fala, *você viu a cara dela quando eu disse que era Personnalité?,* esperando o semáforo abrir na T-1; *o pai não é tão diferente da moça do banco, mãe,* e ela nem pensou duas vezes, *olha lá como você fala, teu pai é um bom homem, sempre trabalhou duro pra poder te dar tudo do melhor.* Nem tudo foi do melhor, ele pondera, na fila para registrar o último ponto, mas sem ele seria mais difícil gostar de livros, recorda do pai entrando em casa com uma torre de livros de capa dura vermelha e escritos dourados de uma coleção antiga, equilibrando com o queixo enquanto explicava a surpresa à mãe, *aqui quase não tem livro e, burro, meu filho; meu único filho; não vai ser de jeito nenhum.*

Saída – Tarde

Rebecca também disse que o personagem dava medo, por áudio no WhatsApp, antes de marcarem o primeiro tête-à-tête, *ele é obcecado demais, acha que tudo que ela diz tem outro significado,* com a desenvoltura de quem fala para alguém que partilha da mesma opinião, *você retratou bem essa insistência dele em pormenorizar as ações dela, não aceitar o fim do relacionamento pura e simplesmente* – e ela pareceu afastar o celular para uma gargalhada rascante que, naquele momento, ele achou forçada; desconhecia ainda o conjunto completo que tantas vezes o seduziria: ombros leves, cabeça indo e vindo, voz fanha e falha. Rebecca tinha antecipado a lembrança de um trecho onde o personagem debocha de si mesmo – *o cara pensa que, se ela o visse atravessando a rua na avenida onde fica o escritório dela, talvez pudesse reconsiderar a decisão; como foi que você escreveu mesmo?; acho que: um suposto e estúpido sinal divino a decidir por ela o que ela não soube decidir por si; algo assim,* pediu desculpa pelo áudio extenso, *sei o tanto que é chato,* e enviou. *A fic-*

ção é *um esboço da realidade*, ele tenta lembrar de uma frase que ela disse – e que seria uma boa resposta para o comentário sobre o trecho do conto, um lema oportuno para um escritor autocentrado – enquanto sobe a 10 – Philip Roth morreu e eu não li nem "O complexo de Portnoy" – pedalando com pressa porque, se eu atrasar um minutinho, a Duda enche meu saco – e lamenta não ter tempo para estender o trajeto, seguir na ciclovia da Assis Chateaubriand, desviar na T-7 e virar na T-27, na expectativa de ser notado por Rebecca enquanto ela espera o portão da garagem abrir.

É bom sair às cinco, ele conclui ao ver os trapos dos moradores de rua que estendem roupas na adutora da 10 – um indício de que não tem ninguém lá e ele vai poder atravessar a ciclovia sem medo, já que costumam perambular pela Praça Universitária enquanto as roupas secam – tampando os desenhos de peixes e cavalos-marinhos do grafite desbotado. Mas tem gente lá. Um rapaz loiro – boné cobrindo o rosto e camiseta do Grêmio daquelas antigas com o patrocínio da Renner – dorme no chão de concreto debaixo da adutora – e ele imagina a polícia descendo o sarrafo em todo mundo minutos antes e deixando o gremista de fora por causa do contraste da cor da pele e do cabelo em relação aos outros que dormem lá, mas interrompe a imaginação ao lembrar de uma foto no Instagram da Rebecca, de antes mesmo de se conhecerem; ela, a Juliana e outros amigos sentados na adutora, sorridentes, de mãos pra cima como numa montanha russa.

Hoje em dia, observar a rua já é meio que uma espécie de misticismo porque, se as previsões das pesquisas eleitorais se cumprirem, viver na cidade vai ser isso mesmo: um abandono do ser humano à própria sorte – ou à fé, ele estende o raciocínio ao ver a ponta da torre da catedral, no topo da 10. A única vez que se lembra de ter ido à igreja foi na missa de sétimo dia da vó, ainda criança, talvez a viagem mais deprimente que alguém fez ao Rio de Janeiro – ele e a mãe, *e teu pai em Goiânia, tá nem aí pra ninguém, só se importa com ele,* a mãe falava de vez em quando, de repente, como um provérbio que não pode ser esquecido, quase um conceito moral martelando a cabeça e ditando a vida a pauladas. E foi a única vez que a mãe foi na igreja, é o que ele supõe ao esperar o semáforo fechar para atravessar rumo a Praça Cívica; uma descrença que deriva dos livros que leu *ou talvez do nome,* ele pondera – uma vez ouviu o pedaço de uma conversa dos pais, a mãe dizendo que, na Bíblia, não tinha nada afirmando que Maria Madalena era puta, *nada, nem uma menção; agora, se Jesus queria comer ela, é outra história,* parecia nervosa, voz carregada, com força pouco comum; mas ele não entendeu a que fala do pai a mãe respondia e voltou depressa ao quarto para não ser visto fazendo o que não devia – antes de pronunciar devagar: *Aug. Redo. Benem. Ebenif,* escrito na fachada de uma loja maçônica à sua esquerda. No entanto, a mãe gostava de Madalena, dizia que o nome era forte porque tinha quatro sílabas, e gostava dos apelidos também, Nena,

Lena, Leninha, Madá, como na música do Ivan Lins – ô má, ô *madá*, ela cantava alto sempre que tocava no rádio e o pai reclamava, *se fosse a Elis pelo menos, Ivan Lins é muito cafona*, e ela reagia cantando mais alto ainda, ô *madalê lê lê lê*. Foi naquela missa que ele cometeu o primeiro grande pecado, deduz ao chegar à Praça com a velocidade reduzida para não assustar o shih-tzu guiado por um dono desatento. Lembra que perguntou à mãe sobre a fila que se fazia no corredor da igreja, *pode ir lá, filho*, e ele foi; obedeceu o padre e se ajoelhou para receber a hóstia – a mãe se divertiu com o arrependimento dele no caminho de volta para a casa da tia, *esse trem tá grudado no céu da minha boca até agora*, e ela respondeu gargalhando: *tá vendo?*, *ninguém mandou ser curioso* – sem nunca ter ido a uma aula sequer de catequese, mesmo quando estudava no Marista, gostava da sonoridade da palavra – *ca-te-que-se*, diz, marcando bem as sílabas para ver se ainda gosta – e pedia: *mãe, quero fazer catequese, todo mundo na escola faz*, e a mãe negava com o clichê irrefutável, *e daí?, se eles pularem da ponte você pula também?*.

O problema de alguns pecados é o apedrejamento social, porque Deus perdoa tudo – e imagina a mãe ouvindo, indignada, o final da frase; porque Deus perdoa tudo; e recomendando as dezenas de livros de filosofia que leu; Platão, Aristóteles, Hobbes, Maquiavel, Espinosa, Schopenhauer, Russel; *se tem uma coisa que teu pai fez de bom foi comprar aqueles livros todos; li tudo*, certa vez se gabou, rindo orgulhosa de si mesma –, ele ironiza; passa em frente do Palácio das Esmeraldas, bem que podia deixar de ser sede do governo e virar museu ou biblioteca e, pedalando sem as mãos no guidão, especula se essa intelectualidade desorientada da mãe teve alguma coisa a ver com o que ela fez, se pode ser perigoso pensar demais ou que o problema não foi necessariamente pensar, mas presumir que para tudo tem que ter uma saída, que mesmo a decisão de deixar de existir é uma saída, uma maneira de lidar com a falta dela – uma ilusão que não se sustenta, ele poderia inferir, porque sabe que faz isso para tentar amenizar o peso da culpa da mãe que nunca errava ou do próprio fracasso por não ter sido o bastante para convencê-la a suportar o imenso aqui agora sem vértices no qual ela devia viver; mas, mesmo assim, segue especulando. Rebecca talvez diria que faltou a ela um pouco mais de literatura, *eu vejo a literatura como uma lupa que projeta o que a gente desconhece e o que a gente acha que conhece,* disse na noite em que se conheceram, ainda sóbria, quando descobriu que ele escreve, *na ficção, a realidade é extrapolada por homens e mulheres, não por um computador, então, quando o livro é bom, alguma coisa sempre ressoa na gente,* ela parou para respirar e ele finalmente se deteve no rosto dela, nos olhos grandes contrastando com os dentes pequenos naquela boca torta, no piercing no nariz que, semanas depois, ela confessaria ser de pressão porque tem medo de furar e inflamar, *a literatura ajuda a gente a viver melhor,* e ela levantou a mão para pedir a quarta garrafa de cerveja. É que tem pecados que, mesmo Deus perdoando, o mundo apedreja sem dó. *Ela seria apedrejada sem dó,* sussurra enquanto repara em alguém dormindo num dos bancos de frente para a fonte luminosa, *eu nem tanto,* isso ele diz sem convicção – é que a reação do André, ao saber da Rebecca, não foi nada amistosa, lembra, não por compaixão ou por moralismo, mas porque *a Duda é um partidão, é educada, inteligente, bem-sucedida, parece realmente gostar de você, não sei o que uma menina tão sofisticada como ela viu em você, mas alguma coisa ela viu, então para de fazer merda e valoriza o que tem; além do que, ela é gata pra caralho,* acentuando o *caralho* como se a aparência dela refutasse qualquer objeção, *com as coxas que ela tem, só vai te faltar o bife com batatas fritas,* André riu e logo mudou de assunto, *você tem que ler "O ventre", cara, escuta o que eu tô te falando,* ele concordou com tudo, sem reservas, e prometeu, como tantas outras vezes, ler o livro o quanto antes – por ser um homem que profana a masculinidade sagrada, que passou dos trinta e sequer tirou a CNH, *meu apedrejamento seria diferente e mais leve,* um exemplo raro de homem que sofre com o machismo, acha a frase interessante, impublicável mas interessante, e chama o elevador sorrindo, zombando da sua condição de homem que ganha dez vezes menos do que a noiva e ainda perde tempo escrevendo ficção; um homem com agá minúsculo.

Por que vocês vieram pra cá?, a pergunta inevitável quase sempre acompanhada por algum clichê, como: você fala chiando?, você sabe sambar?, é biscoito ou bolacha?. Nem Rebecca fugiu à regra, *você sabe sambar? rsrs*, e ele esclareceu, *na verdade, foram meus pais que vieram, eu nasci aqui, então tenho direito de não saber sambar*, enviou um *haha* e completou: *quando chegaram eu já tava na barriga da minha mãe, foi pouco antes do Césio; mas enfim, é uma longa história, depois te conto*. Mas, para Rebecca, não fugir à regra é uma violação pessoal. *Me manda um áudio, tô curiosa*, e ele obedeceu, digitou uma mensagem, apagou e decidiu o que ela já tinha decidido por ele, que era melhor enviar um áudio, *meus pais vieram pra cá meio que fugidos*, fez uma pausa pensando em como complementar da maneira mais curta e clara possível, porque se falo só isso ela vai pensar que eles são bandidos, *minha mãe chegou a noivar, ainda adolescente, com o filho do patrão da minha vó*, outra pausa, dessa vez para respirar um pouco já que o complemento estava na ponta da língua, *minha vó era daquelas empregadas que moram na casa do patrão, quase uma criada; aí minha mãe conheceu meu pai e rompeu o noivado; só que o tal do filho do patrão um dia entrou no quarto da minha mãe, quando ela não estava; minha mãe, minha vó e minhas tias moravam num barracão dos fundos, sabe; bom, aí o cara encontrou uma carta toda romântica do meu pai, aí quando ela chegou em casa ele bateu nela e, a partir daí, começou a perseguir, ameaçar, tentou invadir o quarto dela outras vezes, quase sempre bêbado, a sorte é que os pais dele percebiam pelo barulho e impediam*, sentiu um bem-estar confuso ao tirar o dedo da tela e enviar o áudio de quase dois minutos, um alívio que não necessariamente relaxa porque causa estranhamento, *ficou bem longo, desculpa*, enviou em seguida, um áudio de três segundos. *Imagina, posso te ouvir por horas e horas.*, a frase escrita, solenemente exótica com aquele ponto final que ela nunca usava, adiou o estranhamento e permitiu que o corpo relaxasse naquilo que ele preferiu chamar de *entusiasmo, não paixão*.

Isso existe até hoje, ela continuou horas depois, *tenho um paciente mais idoso que, mesmo vivendo com a filha, botou a empregada e o filhinho dela pra morarem na casa dele*, provavelmente saindo do consultório, parada em algum semáforo da T-63 ou da T-4, *o mais absurdo é que o menino tem quase dez anos e não sabe ler nem escrever* – apesar de não querer estender aquele assunto, ele gostou que seu drama familiar se agarrou na cabeça dela por toda a tarde. Ele enviou: *o Brasil é uma eterna República Velha*, enquanto lia outra vez o *gravando áudio* embaixo do nome dela – relembra a conversa e imagina Rebecca gravando o áudio e dirigindo ao mesmo tempo; acho que é por isso que a altura oscilava tanto, ela devia afastar o celular da boca pra passar a marcha, sem parar de falar. *Se você visse, ficaria desorientado; nas primeiras sessões, o velho metia o pau no filho da empregada; reclamava que o menino tomava todo o Chamyto dele, que não pode tomar o Chamyto dele, que ele precisa dos lactobacilos vivos pra regular o intestino, que a médica recomendou o tal do kefir mas que o kefir é muito ruim, que Chamyto é o melhor probiótico porque é docinho mas só pode um por dia e ele compra contado; pensa eu lá ouvindo aquilo sem poder rir*, ela terminou o áudio rindo e, em seguida, enviou outro, mais curto, *é isso mesmo, concordo com você; e a elite brasileira nada mais é que um gigolô de periferia*; frase boa pro colofão. As buzinas, as arrancadas e outros ruídos entregavam que ela estava no carro, de janela aberta, na T-63, T-4 ou, quem sabe, indo pela 85 para depois descer pela Castelo Branco e, notando isso, ele optou pelo áudio também, *uma republiqueta patrimonialista, dominada por uma elite que vive de arrancar o couro do trabalhador e que se serve do estado pra oprimir as minorias pelas quais se sente ameaçada; especialmente os pretos* – por um instante um medo de intimidá-la como uma vítima armada diante do algoz. Mas Rebecca estava à vontade, *e tem candidato aí que diz que não existe racismo no Brasil; e minha família assina embaixo; amo muito meus pais, mas admito que são racistas, só que é um racismo velado; eles convivem normalmente com negros e tal, numa boa, mas só até certo ponto, sabe?, é capaz até de eles mesmos assumirem isso; sei que você não perguntou mas vou falar da minha família rapidinho; meu bisavô, por parte de pai, foi um missionário bem importante pra consolidação da Igreja Evangélica em Goiás; ele era médico também e aí, por isso, acabou vindo da Inglaterra pra cá em missão pela União Evangélica Sul-americana, uma organização missionária criada por pastores ingleses pra evangelizar a América do Sul, especialmente o Brasil; e aí ele peregrinou por várias cidades, Piracanjuba, Ipameri, Rio Verde, até se estabelecer em Morrinhos; os dois cês do meu nome vêm dessa herança inglesa, o que nem é tão ruim assim se comparar com os nomes de alguns primos, tem Derrick, Daisy, Wendy, John; bom, e aí meu bisavô conheceu minha bisavó, que nasceu em Anápolis, mas era filha de missionários ingleses que vieram pra cá pela mesma organização, casaram, tiveram filhos e nunca mais saíram daqui; fizeram muito pelo estado, muito mesmo, hospital, escola, universidade e uma penca de projetos sociais, tenho muito orgulho desses feitos e tal, só que parece que o eurocentrismo nunca foi deixado de lado, essa vaidade por conta do nome, da origem, da raça; por exemplo,* e passou a falar mais depressa, *quando fiz dezoito, meus pais deram uma festa e eu convidei a turma inteira da faculdade; acredita que meu pai não deixou um colega negro entrar?; e na época não tinha WhatsApp, né, a gente mal ficava com o celular na mão; só fui saber no dia seguinte, na aula; o Evandro disse que meu pai falou que a festa era em outro lugar, sendo que tinha* DJ *e tudo, o som tava altíssimo e a casa dos meus pais fica num daqueles becos bem calmos do Setor Sul, sabe?; lembro do Evandro, na aula, falando que tava tocando Black Eyed Peas, elogiando o* DJ *e tentando não transparecer raiva; agora, o que será que fariam se eu aparecesse em casa com um namorado negro?,* o áudio seguiu com uns quatro segundos de silêncio, até acabar em exatos quarenta, e ele mudou de assunto, *não esquece de comprar Chamyto.*

É o casal – homem e mulher, tão distintos em tantos aspectos, dividindo a mesma casa, mesmo banheiro, mesma cama – que desperta, na criança, a primeira ideia de amor. E isso acontece sem a ideia de paixão – que, de todos os sentimentos abstratos, talvez seja o único cuja existência não se pode negar pois os sintomas se repetem, ele divaga ao subir a rampinha para o canteiro central da Gercina Borges, tentando enfeitar a frase até no pensamento – porque não existe paixão entre pai e mãe, *morre muito antes do filho nascer,* sussurra não sem se certificar de que não tem ninguém perto. *Paixão é uma merda porque é uma dependência psicológica,* Rebecca disse, taxativa, os braços ainda sobre os ombros dele, *e é por isso que é tão difícil assumir,* e o discurso se repetia naquele que era o sétimo ou oitavo encontro, *e eu tô completamente apaixonada por você, só que é uma merda, não quero, não gosto,* ele consulta a lembrança como a um verbete e concorda, acrescentando que paixão também é uma merda porque, no fim das contas, não se torna uma ideia de amor – *amor é o que nos traz paz, já paixão,* a mãe respondeu quando ele perguntou a diferença entre as duas coisas durante a cena de um casamento na novela das seis, *e é por isso que ninguém se casa com quem se apaixona, só a burra aqui mesmo; esperto é quem se casa com o melhor amigo depois de anos de amizade.* Entra contrariado na 99, se questiona se não julgou mal o que a mãe sentia, já que raiva e melancolia nem sempre é falta de paixão e, arrependido por ter jogado fora todas as cartas assim que leu a mais terrível delas – largada debaixo dos pés sujos, ao lado da bicicleta que deveria estar no lugar do corpo naquele gancho de parede em aço carbono, quatro parafusos, espantosamente bom por suportar quase setenta quilos por horas – quando voltou para casa antes do esperado, depois de cancelar uma viagem de final de semana – pés sujos por causa da faxina que ela tinha acabado de dar, ele lembra; pia limpa, escorredor lotado e uma observação embaixo da assinatura que, de tão prosaica, tinha uma carga dramática maior que qualquer uma das declarações de amor espalhadas no texto, PS: *a carne na geladeira já tá temperada, é só fritar, e tem feijão no congelador pra vocês comerem a semana inteira*, porque evocava uma vida ainda em movimento, ativa como o caminhão de coleta seletiva que passava na rua tocando aquela musiquinha insuportável; mas não quer lembrar do corpo esverdeado da mãe, da sua mão tremendo ao discar um-nove-dois, da expressão de impaciência no rosto do enfermeiro, logo que entrou, com aquela cara de quem sabia que perderia tempo.

E a falta de amor bem que poderia trazer perturbação, a cabeça se divide entre a frase e o noivado – os olhos na aliança enquanto entra no prédio com a bicicleta – mas ele quer detê-la, fechar a fábrica de máximas classemedianas, ri da própria pretensão, da sua busca incessante por palavras-chave para temas nebulosos; paixão e amor no centro de um PowerPoint repleto de setas. Frases que não passam de disfarce. Todo mundo se sente mais seguro atrás de um disfarce; roupa, maquiagem, brinco, pingente, chapéu, casa, carro, profissão, casamento, músculos, barriga, quase tudo é disfarce – já as máximas classemedianas que desmerecem a classe média ele faz questão de fabricar para amenizar o sentimento de culpa, ter a tranquilidade que só a percepção de que seus erros são erros de muitos pode dar; *essa observação também é um disfarce,* a voz sai clara, retilínea, o fôlego recuperado da subida da 10. Se a falta de amor não perturba, a cabeça retoma, teimosa, é porque faz bem viver na companhia de alguém que é dispensável, que ocupa sem complementar – aquela senhora discordaria de mim, volta a lembrar do atendimento mais tenso de sua vida, ela provavelmente diria algo como: cair na zona de conforto pode ser perigoso, até porque disse: *nunca imaginaria que ele seria capaz de uma coisa dessas,* a respeito do marido filicida, *a gente nunca sabe o que pode acontecer.* Rebecca também discordaria ainda que, no fundo, concorde, porque, no fundo, foi o que fez quando romperam pela última vez, pelo celular – *quer dizer então que você não se arrisca a ficar comigo porque eu não sou o homem ideal, não preencho seus requisitos rígidos, seja lá quais são?,* ela respondeu um ã-hã convincente, *é mais importante pra você que a pessoa corresponda a certas exigências, seja assim assado, do que o que você sente por ela?,* e reiterou, *é.*

O primeiro rompimento durou pouco – e foi tão ameno que nem pareceu ter validade, um diálogo virtual onde as demoras, as hesitações, a extensão ou a concisão das mensagens significavam mais do que o que era, de fato, dito. *Acho que, se a gente parar de conversar, eu te esqueço,* ele não se opôs, *se você acha melhor, tudo bem,* e Rebecca demorou uns dois ou três minutos para responder, digitando e parando, digitando e parando, até que mandou: *vou te bloquear aqui, tá?,* e ele, novamente, não se opôs, *se você acha melhor...,* dessa vez com as reticências, que é uma maneira velada de se opor, privilégios que só a escrita tem já que, pessoalmente, o que não é dito se escancara numa entonação, num semblante, gesto, mas, no WhatsApp, é mais difícil considerar o que não foi escrito e enviado; oficialmente vale apenas o que tem dois sinais de visto do lado.

Durou um dia. E algumas horas. Foi no início da madrugada que ela enviou pelo Instagram, *você tá no tributo a Joy Division?,* e explicou que a AMMA apareceu no evento em que ela estava, num pub novo no Jardim Planalto, e que a banda do primo dela não tocaria mais, *não, tô em casa; você vai pra lá?.* Ele chegou a planejar mentiras para dizer à Duda – não conseguia dormir e resolvi subir e descer escada pra gastar um pouco de energia, ou: tinha esquecido de buscar um livro que comprei na Amazon, fui lá na portaria e acabei conversando um tempão com o porteiro, ou: perdi o sono e aproveitei pra pegar a primeira fornada de pão lá na padaria pra comermos bem quentinho no café da manhã –, olhou para ela, sentou na cama, olhou para ela, se levantou, olhou para ela, voltou à cama e resolveu ficar. *Acho que não, acho que vou pra casa mesmo,* depois uma pausa que foi interrompida pelo *digitando...* que durou uns dois minutos, *até cogitei ir pra te ver porque, por uma desgraça, você não sai da minha cabeça; mas vai sair; por que isso aconteceu?*. A pergunta criou um clima, ele julga ao acorrentar a bicicleta, um clima que ele não sabe se ela quis criar. *Queria te ver e, de certa forma, não quero sair da sua cabeça, mas tenho que te respeitar,* e ele para por um momento, solta um riso perdido segurando a chave do cadeado como se fosse preciso parar tudo para reviver o prazer de ter lido o *2* que ela enviou em seguida e sobre o qual ele questionou, *2?,* e ela repetiu a mensagem que ele tinha enviado, *queria te ver e, de certa forma, não quero sair da sua cabeça, mas tenho que te respeitar; digo o mesmo, por isso o 2; você tá parecendo velho que descobriu a internet ontem uai,* ele guarda a chave na mochila e caminha até o corredor, *nossa, sou muito burro,* chama o elevador decidido a remontar aquele diálogo por inteiro, *sim, muito,* e ele enviou um emoji de choro antes de perguntar se ela tinha ido para casa, *sim, já cheguei, comi muitos pães.* Se demonstrações tímidas de paixão são violações graves de conduta, pelo menos eles tinham um léxico particular para exercer a intimidade sem deixar a traição ainda mais evidente. *Com manteiga?,* e ela confirmou com um emoji sem boca e escreveu: *meu psicanalista vai dizer que eu como muito carboidrato porque não quero que você pare de apertar meu braço quando me vê.* Duda mudou de posição e ele sufocou a risada com uma das mãos enquanto diminuía o brilho da tela do

A UNIÃO DAS COREIAS 115

celular para o mínimo possível. *Pelo menos você não come margarina, margarina é horrível,* tudo aquilo era como uma trégua rápida para depois voltarem ao tema do rompimento, *horrível é eu ter falado com você, vou te bloquear aqui e amanhã puxo assunto no inbox do Facebook, aí te bloqueio lá e acabou,* ele pediu para ela parar com isso, que não era necessário, mas ela disse *não* e ressaltou que o que queria mesmo era não pensar nele, *mas que desgraça é essa?,* em casa ele não riu, mas enviou um *hahaha, quer dizer que pensar em mim é uma desgraça?, só ofensas hoje?,* e ela, *sim, só ofensas hoje,* sem emoji ou hahaha, se valendo da grosseria para se proteger dele e mudar o rumo da conversa. *O dia inteiro eu quis falar com você, cheguei a escrever uns cinco ou seis e-mails e apaguei, achei que a gente nunca mais iria se falar, se ver...,* as reticências tão eloquentes, *podia ser fácil assim, bloquear e pronto,* e antes que ele enviasse alguma coisa, ela completou: *ver é o de menos, pensar que é foda.*

Pega a chave de casa no bolso, já fora do elevador. Mesmo meses depois, com uma aliança no dedo, horas antes do jantar com Duda, ele ainda é capaz de se repreender pela maneira como agiu naquela noite, procurando o tempo todo uma oportunidade de se declarar, sempre a um passo do vexame, enquanto Rebecca se levava a sério, tentava destrinchar suas pulsões, ainda que sem chegar a nenhuma conclusão – a disposição de quem não aceita conceitos definitivos e a maturidade de quem sabe que todo mistério tem fissuras –, culminando no *desgraça* que ela tanto repetia. Ele voltou ao lugar comum como um pedido de socorro, *eu não paro de pensar em você e não sei lidar com isso*, quase implorando para que ela repetisse o que já tinha dito de outras formas, *nem eu*. Foi o suficiente para que ele optasse por mudar de assunto. *Você vai no show da Sheena Ye semana que vem?*, ela seguia em conflito, *acho que se eu ficar longe de você direito, essa desgraça acaba*, pulou uma linha, *só que*, pulou outra linha, *sei lá, hoje não consegui ficar sem falar com você*. Ele senta no sofá, sem saber se deve rir ou não, esperando mais da memória. *Eu quero você cada vez mais perto*, ele se arrependeu da mensagem, *que coisa mais cafona*, complementou, *para com isso, você sempre fala as coisas e depois destrói, podia falar sem essas ressalvas*, Rebecca ordenou e ele obedeceu, escreveu sem ressalvas: *eu quero você cada vez mais perto de mim e ponto final*. Uma pausa razoável. *Odeio todas as suas ressalvas*, e o emoji laranja furioso para assumir a ironia – de vez em quando ela fazia isso, como quando brincou que tinha noivado e depois enviou um emoji de uma noiva segurando um buquê –, *e odeio você também, bastante*. Ele levanta do sofá e começa a andar pela sala, para lá e para cá. *Mas é que deu vontade de falar coisas cafonas pra você, que tô com saudade, que queria ouvir sua voz, que queria te abraçar*, e imagina ela fazendo a mesma coisa durante aquela conversa, celular em uma mão e o pão com manteiga na outra, *eu também, mas como diabos se fica com tanta saudade de uma pessoa assim tão rápido?*;

uma graduação em Psicologia, uma pós em Psicanálise e outra quase finalizada em Psicologia Social não são suficientes pra me tirar essa dúvida, àquela altura ele poderia aguentar qualquer dose de pedantismo. *Sabe o que é isso?,* uma pergunta retórica, *sabe o que é isso o quê?,* que ficou sem resposta, *nada; tô com frio, te desbloqueei no WhatsApp, fala comigo por lá, me manda áudio, quero ouvir sua voz.*

O artigo sobre Guimarães Rosa – era sobre Sagarana, e não era um artigo, mas uma tese de um cara da USP, ele agora esclarece para si mesmo – dizia que o misticismo é o que resta a quem não tem o amparo das instituições e é incapaz, por qualquer razão, de usar a violência em defesa própria. O misticismo é a esperança de uma superfície menos pedregosa para se chocar. O dicionário de sinônimos encontrou quatro sentidos para a palavra – misticismo: inclinação para o misterioso e o sobrenatural; inclinação para uma vida religiosa; inclinação para uma vida contemplativa; inclinação para uma devoção exagerada; e um dos doze sinônimos é beatitude, palavra que Clarice diz detestar em "Água viva" e que, segundo ela, significa gozo da alma. É que as palavras vão se ramificando pra hospedar quem precisa se pendurar em algum significado, ele lamenta a frase criada debaixo do chuveiro, sem poder anotá-la, porque, se for pensar, dá pra reduzir tudo em gozo da alma – afinal, o que é mais misterioso e sobrenatural do que a vida religiosa?, o que prega mais privação, ausência de ação e vida contemplativa do que a religião?, a que mais, na vida, se pode devotar do que à religião, ao sobrenatural?, o que é mais exagerado do que aquilo que não se alcança naturalmente?; ou seja, todos os significados remetem à mesma coisa; e a alma não é o que se opõe ao corpo e a tudo que é material, da mesma forma que a religião e o sobrenatural?; então. Então o misticismo é o que a gente quer ou pensa que quer que ele seja, evoca um pouco mais de Clarice, a parte quando ela diz que o dicionário também define beatitude como felicidade tranquila. Começa a se enxugar com a toalha dura, quase quebradiça de tão seca, desconfiando da definição, como se a felicidade não fosse sempre tranquila – é só uma manobra pra acreditar que dá pra ser feliz em meio à miséria, pontua enquanto assovia uma música que não existe, e se eximir da culpa por nunca dar um puto pra quem pede um troco pra comer. *Acho que, nesse livro, a Clarice tava cansada,* e Rebecca deu um gole longo, *foi um dos últimos livros dela, se não me engano, acho que ela procurou tanto por algo a mais, pela quintessência da vida, sei lá,* sorriu meio sem graça, *posso estar viajando aqui; o que eu quero dizer é que ela já devia estar cansada de procurar demais e decidiu supervalorizar uma vida mais trivial, digamos assim,* outro gole, *a catar, no instante, muito mais do que tem nele, sempre como alguém que observa e não age, como se dissesse: amores, fiquem aí fazendo coisas bonitas, que eu vou ficar aqui sentadinha assistindo; e eu até entendo, deve ter feito sentido pra ela, mas não acho que a gente tem que se contentar só com paz de espírito, com contemplação sem ação, com essa plenitude calma demais; plenitude, pra mim, não existe sem um pouco de tumulto, sem êxtase, paixão, é só comparar a Clarice de "Água viva" com a de "Perto do coração selvagem", sou mais a Joana*, mais um gole, *mas olha*, e tocou meu joelho como se fosse a coisa mais natural do mundo, *não me leva tão a sério, já faz um tempinho que li, posso estar falando besteira, é complicado isso de medir o valor da vida dos outros, né?, de qualquer forma, ficção é ficção e realidade é realidade, a gente não deve misturar; mas ah, tô nem aí, que se foda, misturo mesmo; você não vai comer pastel não?, tem muito ainda, toma, pega um, é de linguiça com pequi, uma delícia.*

O segundo rompimento foi um imprevisto durante um jantar que era para ter sido romântico. *E até foi*, diz enquanto faz a barba que, embora não esteja grande, precisa estar completamente feita para agradar Duda – *hoje eu quero transar pra caralho*, e passa a lâmina no queixo erguido com uma ansiedade não muito animada; bem que a gente podia pular o jantar, comer alguma coisa por aqui mesmo e –, *foi romântico porque regado a vinho, sexo e maconha*, ri e lava a lâmina na água corrente da pia, *apesar que, no final*, raspa os poucos pelos do bigode e se distrai nos cravos do nariz cada vez mais grosso e áspero, parecendo casca de limão. *Não tem nada mais romântico que isso*, foi o que Rebecca disse ao passar o baseado depois que ele, enfim, cedeu e aceitou um trago na madrugada daquela noite tumultuada; exatamente essas palavras, ele lembra, e diz em voz alta, acentuando o tom anasalado numa imitação zangada da voz dela, *não tem nada mais romântico que isso,* ainda tentando entender a disparidade entre a cafonice dessa frase com o que ela disse antes de dormir, de costas para ele para inibir qualquer resposta – o trago tirou seu sono e ele passou a próxima hora acariciando as costas nuas dela com a ponta dos dedos, como se o carinho pudesse fazê-la mudar de ideia.

Um comentário simples depois da sobremesa: *era isso que eu queria, só eu e você, um lugar sossegado, música de sala de espera de dentista; aliás, adorei essa versão bossa nova de "Killing Me Softly",* Rebecca olhou para ele como quem tenta reconhecer um rosto numa fotografia antiga, levantou e se debruçou, dominante feito mãe ditando o castigo ao filho, as mãos apoiadas nas pontas da mesa onde restavam somente as taças e a garrafa vazia de vinho, o beijou rapidamente e, em seguida, balbuciou: *não vai dar certo,* dando um tom fatalista para uma conclusão que ela rastreava há um bom tempo. Ele fingiu não entender e ela esclareceu: *eu e você, isso aqui, não vai dar certo,* pessoalmente as frases penetram mais, *não dá, não consigo, vamos cada um seguir seu caminho,* tem a força do gesto, da voz, é sério, tá muito difícil de lidar, dos olhos gigantes que quase sempre me convenciam a ficar calado. Esquece a loção pós-barba e começa a se arrumar. *Você deve me achar maluca,* ela bebeu o pouco que tinha sobrado na taça, *sou meio estranha mesmo, eu sei, mas não dá mais pra mim, de verdade,* e ele quis saber o porquê, *e nem me pergunte por quê,* mas ele perguntou, bebeu num só gole o muito que tinha sobrado na sua taça e perguntou mais uma vez.

Fecha pra gente, por favor?, Rebecca acenou ao garçom. Ele refez a pergunta, *por quê?,* no instante em que o garçom apareceu, *aceitam mais alguma coisa?,* olhando para ela, *deu um total de duzentos e setenta reais e sessenta e cinco centavos,* olhando para ele. Ela ignorou a pergunta e tirou a carteira da bolsa, *deixa que eu pago, você pagou o Uber e eu escolhi o restaurante* – Zen Adega, Rua J-72, Setor Jaó; quis mencionar a antipatia dela pelas ruas numeradas, no caminho para o restaurante, mas ela não parava de cantarolar as músicas que tocavam no Uber; Jorge & Mateus, Zé Neto & Cristiano, Marília Mendonça, Matheus & Kauan; e ele, perplexo por ver uma colecionadora de discos de vinil do The Cure cantando Sertanejo, assistia rindo –, bem alto, risonha, para o garçom e as mesas vizinhas ouvirem, quando queria dizer: relaxa, deixa comigo, a conta ficou caríssima, sou uma Psicóloga bem-sucedida e você é só um Assistente Administrativo medíocre que não ganha nem três salários mínimos por mês. *Acho que é melhor cada um pedir seu próprio Uber, quero voltar sozinha,* ele não reagiu, sequer se mexeu quando ela se levantou para ir embora. *Tá, beleza,* ela voltou a se sentar, *você quer saber por que que eu não aposto nesse relacionamento?; eu te falo: é porque não confio em você; é isso, não te acho um cara confiável, e tô nem aí se fiz a mesma coisa, se tô sendo injusta, caguei; o fato é que eu não confio em você, beleza?, tá feliz agora?*, dessa vez ele se mexeu, passadas largas para alcançá-la.

Cada um em seu próprio Uber, ele para e vê se Duda mandou alguma mensagem no WhatsApp, não lembro do meu carro, mas o da Rebecca era um Ônix vermelho escuro, deita um pouco, entusiasmado pela boa lembrança, por aquela reviravolta tão cinematográfica. *Onde você tá?*, Rebecca enviou quando ele tinha acabado de entrar na Independência, *chegando na Marginal, e você?*, hesitou tanto em enviar o *e você?* que, quando enviou, estava mesmo na Marginal, a oitenta por hora, *acabei de sair da Gercina Borges, lembrei do seu conto*, ele riu, digitou e apagou algumas vezes, reprimindo a vontade para dissimular uma frieza pouco eficaz porque frieza não cabe em toda ocasião, se mal encaixada pode gerar um efeito adverso, *consegue mudar o destino ainda?, vai pro meu prédio, quero te ver, vou te esperar lá embaixo.*

Levanta da cama, abre o guarda-roupa, mexe a fileira de roupas penduradas no cabideiro e fica em dúvida entre uma camisa branca de mangas compridas e tecido grosso que ele não sabe se foi presente da Duda ou a única que não encolheu de um kit de três camisas que comprou ano passado, na C&A, no dia em que sua mudança para a Área de Atendimento das Inspetorias foi confirmada, e uma camiseta preta, larga e sem estampa, da Hering; porque não tem ar condicionado no Abruzzo e esse calor não combina com camisa de botão. *Vai essa mesmo*, joga o cabide com a camiseta da Hering na cama e a olha por uns segundos, supondo se Martim aprovaria, *depois eu ponho,* para, em seguida, conferir de novo o celular, não para ver o WhatsApp ou as horas, mas o Instagram da Rebecca há semanas sem postagem nova. *O que eu falei no restaurante continua, tá?, hoje foi maravilhoso, mas não dá mais; não, chega, por favor, não quero conversar; sério, me respeita; não quero saber, você não vai me fazer mudar de ideia; esquece as coisas que eu disse antes, Paulo; não, não tenho raiva nem nenhuma mágoa de você; a partir de amanhã a gente se afasta de vez, pelo menos por um tempo, até tudo se assentar; tô indo dormir, amanhã o técnico vai mexer no ar-condicionado e tenho que chegar bem cedo no consultório; come o que quiser e deixa a chave na portaria, tá?, boa noite,* o discurso curto e categórico, no fim daquela noite, surge na cabeça como os créditos subindo no final da novela, no mesmo ritmo em que ele desliza o dedo no feed do Instagram da Rebecca, revendo fotos e relendo os comentários que fez em algumas delas, sempre discretos, até parar em um post com duas imagens – em uma delas, Rebecca em plano aberto, desleixada, cabelo preso, bermuda até os joelhos, blusa bem folgada da Atlética da faculdade escrita Avante Psicótica com uma mancha de Qboa em uma das mangas; ela apoia o cotovelo no rodo com um pano sujo em cima da tira de borracha, em destaque sobre o fundo do apartamento limpo, arrumado, a mesa de jantar com um ramalhete de rosas ainda vivas dentro de um vaso transparente, o sofá cinza com duas almofadas roxas em cada canto e o nicho da parede com a coleção de bonecos de massa de biscuit; distinguiu todos ao ampliar, Freud, Jung, Simone de Beauvoir, Sartre, Saramago, Luke Skywalker e Robert Smith; na outra, uma selfie com a câmera alta, Rebecca em primeiro plano, bonita, cabelo solto e escovado, rímel grosso nos olhos, batom contornando além dos lábios para quem sabe ajustar a simetria da boca, colar de miçangas coloridas, brincos de borla com franjas, o último botão da camisa aberta por onde se vê um decote despretensioso e, ao fundo, atrás dela, dezenas de embalagens de esmalte espalhadas sobre a penteadeira, calças jeans e camisetas de bandas que ele não conhece jogadas na cama, uma pilha de livros sobre a mesa de cabeceira, dentre os quais só conseguiu identificar a biografia recém-lançada do Dostoiévski, e um umidificador vazio desmontado no chão, ao lado da cama; *contrastes*, escrito na legenda e, logo abaixo, a fileira de corações de um comentário da Juliana.

Se eu fosse você, só usava branco, Duda diz toda vez que o vê de preto, verde, vermelho ou qualquer cor mais para escura do que clara, *pra contrastar com a tua pele*. Volta ao guarda-roupa, tira o cabide com a camisa branca e joga na cama, ao lado da outra, *deixa aí, depois decido*, e lhe vem à cabeça a mãe em frente ao espelho, pondo os brincos – uma cena que retorna constantemente e ele não sabe dizer se é por causa do relógio herdado do pai, que vive no pulso, ou por ser tão bonita e ter acontecido tão poucas vezes, como um rastro aonde sempre se volta para perseguir o que se perdeu –, de vestido não muito longo que, se não era sempre branco, era sempre claro, e cantando algum samba muito antigo, samba dor-de-cotovelo, na maior parte das vezes Orlando Silva, *Jurou mas não cumpriu/Fingiu e me enganou/Pra mim você mentiu/Pra Deus você pecou*, Lupicínio Rodrigues, *Você sabe o que é ter um amor, meu senhor/E por ele quase morrer/E depois encontrá-lo em um braço/Que nem um pedaço do meu pode ser*, ou Nelson Gonçalves, *Diga que já não me quer/Negue que me pertenceu/Que eu mostro a boca molhada/E ainda marcada pelo beijo seu*, e ela culpava a nostalgia para não parecer anacrônica, *sua vó cantava essa música pra mim*, já que adorava se proclamar moderna, *duvido que a mãe de algum dos teus amigos assistiu pelo menos um dos filmes da Sofia Coppola*, sem saber que estava mais para pós-moderna, porque *o suicídio é um fenômeno psicossocial amplamente difundido no cotidiano da pós--modernidade*, Rebecca incorporou a psicanalista por um instante, corrigiu a postura e falou com desenvoltura sobre o artigo que estava escrevendo, *o grande perigo desses tempos de rede social é o excesso de exposição que desencadeia um espetáculo narcísico*, e apontou para uma amiga, a única pessoa na varanda que não estava fumando, *tá vendo aquela ali?*, com o dedo mindinho da mão que segurava o copo de cerveja, *ela acabou de terminar o doutorado, a tese dela é uma das coisas mais lindas do mundo*, arregalou os olhos enormes, *é sério; texto acadêmico é aquela coisa chata, né, cansativa, você sabe, mas o dela, não; o dela é lindo, é literário, você iria gostar,* deu um gole e não deixou que ele tomasse a palavra, *ela trabalhou em um asilo e, lá, colheu depoimentos sobre velhice, morte, passagem do tempo, só que, em vez de fazer uma pesquisa tradicional, ela decidiu trocar cartas com outras pesquisadoras pra discutirem esses assuntos e o resultado é basicamente uma tese epistolar maravilhosa; inclusive,* Rebecca disparava a falar quando ficava bêbada, *tem um documentário citado em uma das cartas que é incrível; se chama "A vida em um dia"; ele é composto de pequenos acontecimentos em um único dia na vida de várias pessoas ao redor do mundo, coisas bem comezinhas como escovar os dentes de frente pro espelho ou ler o jornal durante o café da manhã, mas também outras não tão banais como uma mulher que prepara um banquete de oferenda pra lua cheia ou um homem que percorre a Ásia inteira de bicicleta sonhando com a união das Coreias; e é legal ver quanta coisa acontece em um só dia, a diversidade entre os povos, os costumes, as culturas, como as pessoas são diferentes, quantos eventos distintos e como esse contato com o dia a dia dos outros faz com que a gente veja o nosso próprio cotidiano como não tão comezinho assim, como se esse deslocamento acentuasse nossos sentidos; sei lá, muito louco isso; imagina só quanta coisa tá acontecendo, nesse exato momento, nos outros setenta e nove apartamentos daqui do prédio; pensa só que, quando desço de elevador lendo as anotações de um paciente, posso estar saltando de um casal trepando pra uma novena em segundos e que, enquanto converso com você, olho pra você, agora, posso estar imaginando você pelado, se tem tatuagem, gominhos na barriga, pelos no peito, etcétera,* até esbocei uma risada, mas ela me interrompeu, a cara séria, e continuou, *de certa forma, o filme também faz isso.* Ele vê a caderneta na escrivaninha, ao lado do notebook; pega, abre, folheia, pensa, começa, apaga, recomeça, quer escrever algo que remeta ao que ela disse no final daquela abstração – *a arte tem isso de enfatizar, num espaço de tempo curtíssimo, o que a gente é incapaz de perceber no dia a dia,* ele concordou, convicto, *quer mais cerveja?, vou pegar mais pra mim.*

O terceiro rompimento foi esperado e ele passou a considerar os rompimentos como partes de um processo longo e irreversível que culminaria no acerto dos dois – no noivado com os anéis de coco; abre o zíper da mochila e se certifica que estão lá, no lugar de sempre, dois fiapos reais do que agora é apenas memória –, como se fossem predestinados a isso; o mito da alma gêmea, ele ri, abre o notebook, procura o arquivo do Word intitulado "Notas Romance" na área de trabalho, desfazendo o riso num desprezo comedido à expectativa que alimentou meses atrás – uma espécie de pílula anti-dor-de-cotovelo, um placebo adocicado – e digita: *a arte sublinha a vida,* ainda sem convicção. Espera não mais que três minutos por um lampejo de inspiração que não vem, vai até a cozinha e põe a água para ferver. Óbvio que ela surtaria, lembra do beijo relâmpago que Rebecca lhe deu no Bananada, perto da roda-de-hardcore, correndo o risco de ser flagrada pelo namorado ou por algum amigo dele, e sorri com o prazer de quem gosta de subverter os bons costumes, sorriso largo de um homem que desfruta da mulher do outro – e que se mantém mesmo quando ele lê a mensagem da noiva, *acabei de sair do banho, te aviso quando sair de casa pra você descer*. Não espera borbulhar, despeja a água sobre o pó de café dentro de um filtro pequeno, porção individual, e tenta lembrar do texto que Rebecca enviou naquela madrugada e que ele apagou no início do mês passado, quando começou a considerar a hipótese de pedir Duda em casamento – reflexo da desesperança que tomou conta dele assim que leu a notícia: *o Tribunal Superior Eleitoral indeferiu o pedido de registro da candidatura de Lula*, e se vislumbrou mofando no Conselho sob a gerência eterna da chefe puxa-saco-da--diretoria que, pelo menos, tem uma bunda maravilhosa, ele ri, mexendo o rosto numa desaprovação fajuta ao seu pensamento; sem UFG, sem universidades públicas, sem doutorado, sem perspectiva, pra sempre um pretinho classe média baixa.

Você sabe que sou confusa, tenho certeza que ela disse alguma coisa sobre ser confusa, naquele áudio, estratégia clássica de confessar ao interlocutor um defeito pelo qual não poderá mais ser acusado, *tudo que tem acontecido com a gente é confuso, além de errado, muito errado, e eu não quero que continue, entende?*, tinha um tom meio patético de despedida, *a gente já viu que esse negócio de amizade não vai dar certo, eu cheguei no meu limite, segue seu caminho que eu sigo o meu, você namora tem um tempão uma menina aí que parece ser legal e eu tô construindo minha história com o Flávio, a quem amo de verdade, cada dia mais, e quero ficar com ele, quero casar com ele, ter filhos com ele,* e menções repetitivas ao namorado, *sei que você acha que não dei chance pra gente, que desisti muito cedo, que a gente tem tudo a ver, que eu e o Flávio somos muito diferentes, mas saiba que a escolha é minha, o Flávio, eu escolhi, escolhi isso, escolhi ficar com o Flávio, então, por favor, se você se importa comigo, segue sua vida e tira o foco de mim, vou te bloquear de vez por aqui.*

Você namora tem um tempão uma menina aí que parece ser legal, ele repete a frase mentalmente antes de levar a xícara à boca e recapitular outra noite, outro encontro – o quinto, *dos anéis de coco*, diz, seguro, feito palestrante diante de uma pergunta fácil –, onde ela disse, outra vez enrolando um baseado, *estalqueei sua namorada ontem*, e interrompeu a própria fala não só para umedecer a seda, já que parou e olhou para ele por alguns segundos, à espera de uma reação que não veio, *sua namorada tem cara de chata, com todo o respeito; sei lá, muito perfeitinha; ela fez clareamento dental?; e aquela foto em frente ao espelho da academia?, a coxa dela dá duas da minha, e a foto é antiga, ainda por cima, deve estar bem maior hoje; o instagram dela tem quase nada, ela é antisocial?, não gosta de internet?; deve ser muito esquisita; e ela malha quantas horas por dia?, umas três, quatro, né?,* e ele respondeu como se fossem dúvidas genuínas, *ela não fez clareamento dental, mas vai ao dentista uma vez a cada três meses, e só malha uma hora por dia mesmo, às vezes nem isso.* Sopra o café depois de quase queimar a língua e pesquisa Flávio Bonfim no Facebook, já que a conta dele no Instagram é privada, só dá para ver a foto do perfil, em preto e branco, barba mais curta do que no Bananada, e a descrição típica de quem encara as redes sociais como uma extensão do Curriculum Vitae: *Administração UFG; MBA Gestão Empresarial FGV; Sócio-proprietário P di Pizza; Baterista da Hollow Ratio; Viciado em café, cerveja, Tarantino e Sonic Youth; apaixonado pela @rebeccawilding_ e pelo @saopaulofc* – ele não sabe se se envaidece ou se martiriza, é ruim saber que o inimigo tem mais a oferecer do que você, pondera sem muita firmeza, ciente de que o clichê dinheiro-e-sucesso-não-são-as-coisas-mais-importantes-do-mundo não pode ser refutado sob o risco de diminuir ainda mais sua auto-estima, *mas é consolador se dar conta de que eu, um preto classe média baixa metido a escritor, peguei a mulher de um cara como ele,* depois de um gole longo. *Pelo menos sou bem maior,* lembra da cabeça do Flávio se ocultando em meio às outras na fila para comprar fichas de cerveja, enquanto a dele reinava bem acima de todas, *o ar tá bom aí no alto?,* alguém perguntou; ele riu e olhou em volta, torcendo para que Rebecca estivesse por perto vendo aquela cena que reafirmava, ao vivo e a cores, que ele realmente tem a altura perfeita para ela – um sorriso mais largo ainda, que se alastra a ponto de ele arriscar um passo de dança ao atravessar a sala.

Não bloqueou de vez. Não daquela vez – e a desesperança também é um buzinaço na Assis Chateaubriand, ele se apoia no parapeito e observa, da janela, os pontinhos amarelos tremulando bandeiras do Brasil na avenida enquanto bebe o café com a serenidade de quem desistiu até mesmo de ter esperança. Talvez se, no lugar de frases avulsas e parágrafos confusos de um romance que não consegue se dedicar, ele fizesse um gráfico ligando as conversas, os encontros, os beijos, as discussões, os rompimentos, um diagrama enorme a ser pregado na parede de seu quarto relacionando as consequências às suas devidas causas, não passaria dias inteiros, como esse, reconstituindo seu relacionamento curto com Rebecca em busca de soluções para as dúvidas que não deveriam estar sendo levantadas; tudo estaria ali, em alto relevo, na cara, desenhadinho, a primeira e última coisa a ser vista todos os dias.

Foda foi aquela vez no bosque, ele resgata a tarde em que ouviu dela, numa pronúncia lenta: *você me deixa com muito tesão,* e até tenta recordar se ela tinha bebido antes daquele encontro; mas se distrai vendo um cachorro agitado na coleira, forçando a dona a apressar o passo e entrar na trilha que dá no outro lago do bosque, ali atrás da Assembleia Legislativa. *Será que mudaria alguma coisa?*, não, não mudaria, a cabeça responde de supetão, *acho até que, se a gente transasse, anteciparia o fim e ela não me ligaria no dia seguinte, no meio da madrugada* – dessa vez, sim, completamente bêbada –, *pedindo pra eu encontrar com ela no prédio da amiga, lá na Nova Suíça, Rua c-duzentos e alguma coisa*. Volta ao quarto, opta pela camisa branca e se olha no espelho da porta do armário com a seriedade inusitada de quem se surpreende consigo mesmo – gosta do que vê, uma embalagem bonita onde o laço é a aliança, ele ri, uma embalagem incompatível com o conteúdo paupérrimo que esconde, fecha a porta do armário e repete a distinção das três instâncias freudianas da personalidade que Rebecca fez no hall de entrada do prédio da amiga, esparramada no sofá com as pernas sobre os joelhos dele: *meu id quer te acorrentar na cama, meu ego quer te beijar e meu superego quer você bem longe*, a fala lenta, rouca e arrastada foi, naquela madrugada, como uma mão deslizando pelo seu corpo; mas que não deslizou, ele brinca, com um resíduo de melancolia, pois a noite não passou de frases embriagadas e beijos indecisos. Tira a tampa da pasta de dente, *e foi isso*, põe na escova, *só isso*, como se, enfatizando o *só*, ele despistasse da memória a conversa que tiveram pelo celular depois de quase dois dias em que não trocaram nenhuma palavra.

É difícil medir o tempo que se deve dar às coisas, ele se senta em frente ao notebook e digita: *é difícil medir o tempo que se deve dar às coisas*, e acrescenta, *que pedem tempo*, porque nem tudo pede tempo e Rebecca sabia bem disso; os rompimentos vinham sempre nas madrugadas ou nas manhãs, a cabeça ainda replicando a traição, o gesto ilícito, sem avaliar o que a motivou – a paixão que é mistério, graça, vertigem, dependência psicológica ou, simplesmente, uma merda, mas que é;

se nutre de algo que existe, afinidades que nem sempre se encontram ou se explicam. *Medi errado*, e é uma tortura isso de dar tempo às coisas, ele lembra daqueles quase dois dias em que ficaram sem se falar, de como ficava apreensivo quando clicava no nome dela na lista de conversas do WhatsApp e via o *online* embaixo de *Rebecca* e da estupidez em cismar que o silêncio dela significava alguma coisa além de um silêncio de quem não tem vontade e não vê necessidade nenhuma de falar.

Depois do *oi*, um silêncio que, definitivamente, não significou nada. Esperou ela falar alguma coisa que justificasse o que ele considerou um sumiço. *Você sumiu*, Rebecca não concordou nem negou, disse que trabalhou muito *e tô terminando meu artigo também, deu quase cinquenta páginas, você acha que é pouco?*, não era pouco e ele sabia que ela sabia que não era pouco, *de jeito nenhum, tá até grande.* Um sopro de náusea ainda suave e ele afastou o celular da orelha, respirou fundo, num esforço infantil para a entonação não entregar o mal-estar, e perguntou como ela estava, *tô bem e você?*. Sem dar tempo para a resposta, ela continuou, *mas acho que vai ficar bom, não vejo a hora de terminar essa merda, ando tão cansada*, ele ouviu um chiado longo que pareceu o final de um bocejo, e esperou não mais que cinco segundos até começar o que ele hoje chama de *o discurso do último bloqueio* – um bom título; é bom quando o título é ambíguo, parece propor um enigma narrativo, algo pra ser apreciado pelo que é e não pelo que diz; mas não anota a frase, nem mesmo no bloco de notas do celular. Passa perfume nos pulsos, uma borrifada em cada, ajeita a gola da camisa, hesitando entre deixar um ou dois botões desabotoados, volta para a sala, salva o arquivo do Word, desliga o notebook e guarda a caderneta atrás de um porta-retrato grande numa prateleira sobre o rack da tevê com a foto da sua mãe sorrindo forçado para atender ao fotógrafo – e que Duda nunca se arriscou a pegar ou a comentar, de vez em quando até dá uma olhada ligeira como se fosse uma assombração, *um fantasma*, ele se diverte com a própria estupidez ao destravar o celular e abrir o WhatsApp, *tô saindo, daqui 20 minutos pode descer,* enviado há quatro minutos por Duda, pontualidade que não falha. Tira do armário um sapatênis barato que comprou na c&a no mesmo dia do kit com três camisas, e vê graça no fato de que estará com a c&a praticamente dos pés à cabeça, no jantar com a noiva que dirige um Land Rover de trezentos mil reais e usa um óculos Prada que custa mais do que seu guarda-roupa inteiro.

Queria te falar umas coisas, dessa vez não afastou o celular e nem deu tempo para que Rebecca respondesse, *é rápido,* trocou as pausas por monossílabos para ver se, no intervalo entre eles, conseguia assimilar algo não-dito por ela, *bom, é, que, eu, só,* ouviu outro chiado, mais intenso, mais para bufo do que bocejo. A náusea, então, veio como um redemoinho de frases orbitando em torno de algo que já estava nitidamente não-dito por ele desde o *oi* antes do silêncio. *Não sei você, mas eu tenho pensado muito nessa situação toda, nos erros que a gente cometeu, essa coisa da traição, sei que você também pensa; ou pensou, pelo menos; nisso tudo, e sei também que o fato de eu ter te ligado já é, por si só, um erro, mas também tenho tentado separar os erros dos acertos, fazer uma avaliação do que isso representa pra mim sem levar em conta as coisas desonrosas que; sim, eu sei; fazem parte do que aconteceu entre a gente; porque, às vezes, mesmo o que é condenável pode ter alguma dignidade; não sei se tô sendo claro; basicamente o que quero é falar certas coisas como se eu e você não tivéssemos uma vida anterior ou concomitante ao nosso relacionamento,* como seria melhor se isso fosse um áudio que eu pudesse desistir no meio do caminho e começar de novo, ele se queixou sem se arrepender, encarando aquele discurso como um rito de passagem pelo qual precisaria passar em algum momento, *é o seguinte: a gente até já teve uma conversa parecida antes e sei que você foi bem clara, mas muita água rolou depois, muitas idas e vindas, você sabe bem disso; a gente brigava e voltava sempre pro mesmo lugar, como se cada um tivesse a própria coreografia pra mesma música e nos encontrássemos no último passo* – e ele sussurra: *como se cada um tivesse a própria coreografia pra mesma música e nos encontrássemos no último passo,* palavra por palavra, ostentando boa memória, reavaliando a única frase que não fugiu do roteiro preparado antes da ligação; e que seria a última se não fosse a reação dela, um silêncio absoluto, pareceu ter deixado o celular na cama, enquanto eu falava, pra escrever o artigo que queria terminar. Volta à janela e observa os últimos instantes do buzinaço, os pontinhos amarelos se dispersando, uns com cartazes, outros com bandeiras, uma família comendo espetinho de um churrasqueiro também de amarelo, muitos com latas de Antártica na mão, todos mais ávidos pela derrota do oponente do que pela própria vitória, julga, e torce para que Duda se atrase pela primeira vez na vida, que esqueça alguma coisa em casa e volte para buscar, pra que os pontinhos e as buzinas se dispersem de vez antes dela chegar e a gente não tenha que dividir o trânsito com os eleitores do infeliz – que, com certeza, vai arregar do debate, vai dizer que o médico vetou, que sofreu um atentado político, vai criar um espetáculo em torno disso e, se for pro segundo turno, vai repetir o discurso e não vai ter debate nenhum. *Então achei que devia te falar,* ignorou de vez o roteiro e continuou o falatório, *que não consigo parar de pensar em você; o que é óbvio, acho; e que tô disposto a me livrar de todos os impedimentos morais pra tentar fazer dar certo, dessa vez sem que nosso comportamento seja condenável pelo mundo e por nós mesmos,* respirou fundo, um alívio misturado a um mal-estar como um pós-vômito, *e é isso.*

Abre o site de notícias para matar o tempo, *Bolsonaro atinge 32%, Haddad tem 21% e vê rejeição subir, diz Datafolha,* desliza o dedo na tela do celular, *campanha vê onda evangélica contra Haddad e quer foco no eleitor mais pobre,* desliza um pouco mais, *Neymar abre o coração: "está chegando a hora de casar".* O que minha mãe diria sobre meu noivado?, o que ela diria sobre Duda?, e presume que a mãe se orgulharia da nora, carregaria uma foto na bolsa para mostrar às amigas, ao dono da padaria de frente para o prédio da T-37, ao funcionário que sempre a atendia na Armazém do Livro da T-63 e aos porteiros do prédio, de todos os turnos; essa é minha nora, olha como ela é linda, sofisticada, e, pra mim, diria: você já reparou na postura da Eduarda?, parece que tá sempre com um vestido de gala, até pra comer, quase não arqueia o corpo quando põe o garfo na boca, sem falar que o prato dela nunca faz barulho enquanto ela come. Mas supõe que a mãe não incentivaria o casamento, que ela repetiria: você tem certeza que quer casar com ela, meu filho?, dezenas de vezes, querendo inconscientemente que ele a copiasse na mesma burrice de só se casar com quem está apaixonado – e o que ela diria sobre Rebecca?, acharia branca demais?, concordaria com meu pai e reclamaria dos lábios finos?, pediria sessões de psicanálise na faixa?, e ele rebate as perguntas com a pressa, calça o sapatênis, fecha a janela do quarto, pra não entrar bicho, mas deixa a da sala parcialmente aberta porque, nessa época do ano, isso aqui vira um forno mesmo de noite. Na cozinha, põe a xícara de molho e lembra de jogar o lixo nem-um-pouco-ecorresponsável fora, já que Deus me livre a Duda ver isso aqui.

A questão é que não me vejo com você, e o mal-estar crescia enquanto Rebecca falava, num tom sereno, a voz pouco rouca, não deve ter bebido nem fumado naqueles dias que ficamos sem conversar, deduz ao abrir a porta e dar de cara com um casal jovem, os dois com a mesma amarelinha falsificada da seleção brasileira, o símbolo da Nike quase no ombro, desalinhado do escudo da CBF, *boa noite,* sorriram com a ansiedade de quem deixou de ter esperança para ter certeza, ele julga e responde o cumprimento com um *opa, podem descer, vou jogar o lixo fora.* Cogita se a chefe não estaria lá com o marido e os dois filhos, polegar pra cima e indicador pra frente simulando arma e gritando mito mito mito – e ele ri, encabulado, cabeça baixa, ao cogitar também o que o seu colega de curso, com a testa afundada, faria em seu lugar, o que diria; certamente mais que *opa, podem descer, vou jogar o lixo fora*; se convencendo de que o melhor mesmo é não se conter, é soltar o verbo, enfrentar, dar a cara a tapa sem medo do cassetete, e o riso logo vira tosse seca de engasgo, como se o corpo falhasse ao comando do cérebro.

O que não é nenhum mistério na paixão é que um dia ela acaba – *ou, pelo menos, enfraquece a ponto de ser reprimida com certa facilidade,* um adendo a mais uma de suas máximas classemedianas –, ainda que se refaça diversas vezes em quem tem o hábito nocivo de voltar às tolices do passado para reviver remorsos que encorajam vacilos futuros, chama o elevador depois de deixar a sacola no lixo azul da lixeira coletiva e ri com o uso indiscriminado da frase que resolve parar de gostar – frase feia, cheia de volteios sem sentido, como esse dia inteiro de lembranças sem propósito. *Não importa o que eu sinta por você, mas o que é verdadeiro pra mim, e é simples: não me vejo com você, você não é o cara pra mim; porra, é difícil de entender?*, palavras duras de se ouvir, *mas olha, não tenho nada contra você; pelo contrário, você é importante pra mim, me despertou pra algumas coisas que eu achava ser incapaz a essa altura da vida e sou grata; mas não deu certo, não quero nada com você, essa é minha escolha,* mesmo tendo me esforçado pra ver nelas um disfarce, *homem ideal?, o homem ideal, pra mim, é aquele em quem eu consiga confiar, entende?; agora, se você acha isso um requisito rígido, não é problema meu,* porque quase tudo é disfarce, *só sei que essa obsessão vai acabar, pode ter certeza, vai acabar pra você também, fica tranquilo, essas coisas não duram, o destino de todo relacionamento é o tédio, é torcer pro Fantástico acabar logo pros dois dormirem e aí chegar segunda-feira e um desopilar do outro; é assim que funciona; isso se der sorte; não tô afim de viver com medo de você, o futuro professor universitário barra escritor, estar comendo uma aluninha num motel perto de Nerópolis; vou repetir o que já te disse um tempo atrás: não confio em você, não quero tentar fazer dar certo o que já não deu, espero que entenda; preciso correr com meu artigo aqui, tchau.*

Espaguete à Matriciana, decide o prato antes mesmo de entrar no elevador. Abre o WhatsApp. *Cheguei,* Duda enviou há seis minutos – não sabe se isso é qualidade ou defeito, porque tem dia que é um saco esse negócio de estar sempre adiantada; lembra da semana retrasada, quando ela levou uma amiga para ver o apartamento no dia seguinte ao anúncio no OLX, chegou meia hora antes, e ele teve que correr para esconder o amontoado de roupa suja jogada no sofá. Mas, com a disciplina dela, acho que eu já teria as trinta páginas da tese e umas cento e tantas páginas do romance, ele sorri, ansioso pelo reencontro com a noiva, e eu não demoraria a terminar porque o desfecho estaria na cabeça desde o primeiro parágrafo – mas um romance não precisa de um desfecho triunfal, se concentra no devaneio enquanto acompanha a descida do elevador, andar a andar, não precisa de um grande evento ou de esclarecimento, *um romance não precisa unir as Coreias*, frase boa para deixar o leitor em dúvida, insinuar um ponto cego, abrir uma fenda para a fuga da compreensão; e ele repete: *Coreias*, diante do espelho, de queixo erguido, gosta da imponência sonora do ditongo aberto tônico, assim que o elevador estaciona no térreo; porque a vida se mostra mais interessante é no esboço de um fracasso, naquilo que mesmo fraturado continua, ainda que muitas vezes se escreva para esconder ranhuras, juntar cacos, aparar arestas, ligar penhascos, da mesma forma que o ciclista percorre a Ásia sonhando com a união das Coreias.

Ou para guiar o futuro através do passado, como a mãe justificava a escrita insistente das cartas. Só que ela não continuou – talvez tenha sido isso, pondera, ao abrir a porta do elevador, porque o passado não se move, vai estar sempre lá, sendo aquilo que foi e, de tempos em tempos, será revivido sem se renovar, como tudo aquilo que teima; resta enfrentar e tentar reinventar os significados para que o presente não fique ancorado nas memórias e o futuro seja, à sombra do passado, melhor. A mãe agiu de acordo com a premissa que tanto alardeava, quando ele voltava para casa reclamando dos coleguinhas da escola que o chamavam de favelado, macaco, buiú, cocô, *o mundo não tem espaço pra gente fraca, meu filho,* e foi embora. Ele não quer entrar no carro de mau humor e recusa o pensamento se assumindo incapaz de avaliar – é que ser mãe é uma condição com a qual jamais terei qualquer familiaridade, ele reinventa o passado trágico com uma ponta de romantismo; imagino que ser, ao mesmo tempo, mãe e esposa é uma espécie de autonegação, como se o amor próprio coincidisse com o amor que se deve devotar ao filho e ao marido. Duda nunca quis ter filhos, mas nunca explicou o porquê, *não sei, nunca tive vontade mesmo, quem sabe um dia,* vai ver sabe inconscientemente – ou não, vai ver tem consciência que sabe e se faz de desentendida – que amor, não só não se divide, como pode se perder nos seus desvios.

Tá esperando tem muito tempo?, Duda balança a cabeça em negativa e aproxima o rosto para o beijo. *Comprei um presente pra você, mas ainda não chegou,* tenho quase certeza que é um notebook, ela já tinha dado sinais de que compraria – *como você escreve nessa carroça?,* comentou certa vez, antes de decretar, *se você não comprar um novo, eu compro* –, mas não estrago a surpresa, *não precisava, meu amor.* Só de pensar que, por pouco, não comprometi um futuro estável por uma aposta tão incerta, a frase volta como um alívio ainda maior – é que, na presença de Duda, o alívio se transforma em bálsamo, como uma tese aprovada com distinção e louvor; ele evita sorrir para não despertar a curiosidade dela, mas gosta da comparação, mesmo que não faça tanto sentido, já que nunca duvidou da sua falta de coragem para se lançar em um recomeço com Rebecca. *Coloca no GPS pra mim?, sei que fica na 5ª Avenida, mas nunca lembro o caminho,* se esforça para não resgatar a frase emblemática da Rebecca que, por sinal, é excelente pra abrir o romance – frase simples, inusitada, um debochezinho, um enigma narrativo já no primeiro parágrafo; afinal, o que faz uma cidade combinar com literatura? –, pensa no Espaguete à Matriciana, no Netflix depois do jantar, no sexo possível mas não provável, no café da manhã do dia seguinte, nos pontinhos amarelos caminhando eufóricos pelo canteiro central da Gercina Borges – nunca a ideia de separar o Brasil em dois ou três ou quatro pareceu tão interessante, quase diz em voz alta, curioso com o que Duda diria –, tudo isso passa pela sua cabeça antes do primeiro semáforo, feito um palestrante listando os tópicos no papel para não perder o fio da meada; é que as lembranças vão sempre teimar e, quando muito boas ou muito más, podem desviar a atenção do que precisa ser focado. Pensa na festa de casamento, se convidaria o Martim, se viria algum parente do Rio de Janeiro, se chamaria o André para ser padrinho, pensa até na lua de mel, ainda sem data; Duda vai querer ir pra uma dessas praias paradisíacas na América Central – Punta Cana, Cancún, Belize, um resort com piscinas, drinques tropicais, programas recreativos, jet-ski, stand up paddle, muita distração pra ela e muito tempo pra eu escrever –; passa o dedo no detalhe em madeira do painel do carro, gosta da textura fria e lisa, olha para a aliança e pressente a felicidade tranquila dos que tiraram a sorte grande.

Em quatrocentos metros vire a direita na Rua 10, mas ele não quer seguir pela rua que acabou de atravessar, ao sair do trabalho, não quer rever a catedral, a adutora, o gremista – se sente no limite de uma fronteira sendo levado de volta para o lado do qual tinha acabado de fugir; repara no semblante atento de Duda ao mudar de pista; como ela reagiria se eu contasse?; e monta a cena na cabeça com o téque-téque da seta ao fundo, trilha sonora de um suspense; choraria?, gritaria?, me xingaria?, me bateria?, me expulsaria do carro?, planejaria uma vingança?, acho que não faria nada disso; eu diria algo como: tive um caso com outra pessoa faz uns meses mas já passou; téque-téque ao fundo; e ela não diria nada, dirigiria impassível, atenta ao fluxo e, no restaurante, pediria pra provar meu Espaguete à Matriciana, não sem antes oferecer uma garfada do seu prato, Risoto Gambaretti ou Inhoque ao Sugo; ela perguntaria: será que eles usam Pomarola ou tomate mesmo?, e não se ofereceria pra pagar a conta inteira; pegaria o celular, calcularia quanto ficou pra cada um e, quando nos levantássemos, se despediria com um beijo na bochecha e um afago rápido no braço, dando a entender que não me daria carona de volta, que está tudo bem, sem ressentimentos, mas acabou; eu não diria nada porque é bem mais fácil se recusar a entender do que ter a audácia de se pôr no lugar do outro; antes de ir embora ela retomaria a conversa, um dos pés dentro do carro: sabe o Luciano, sócio da construtora?; e eu, mesmo sabendo, hesitaria um pouco, repetiria baixinho Luciano-Luciano, até que perguntaria: aquele imbecil lambedor de coturno?; ela não me daria tempo pra pensar em outras ofensas e diria de uma vez: pois é, ano passado a gente dormiu junto, uma noite só, na casa dele, depois de uma confraternização no escritório, mas foi tão irrelevante que achei que nem deveria te contar, além do que; tenho certeza que, nesse momento, eu a imaginaria de quatro pro Luciano, algemada na cabeceira da cama, maquiagem escorrendo dos olhos bem abertos, gemido abafado pela mordaça de bola e a interromperia gritando: além do que o quê?, além do que o quê?; e ela, já dentro do carro, vidro só parcialmente abaixado, esclareceria: além do que, se eu te contasse, era bem capaz de você ficar mais revoltado por eu ter passado a noite com alguém que não pensa como você, que é de direita, do que por ter passado a noite com alguém que não você, mas enfim; e eu: mas enfim o quê?, mas enfim o quê?, sem gritar, esgotando o restinho de ódio que me sobraria; depois de dar partida no carro, ela colocaria um fim na conversa, na comemoração do noivado, no meu futuro estável, com uma franqueza perturbadora: enfim, o problema é que você teve um caso, um envolvimento maior, se fosse só uma transa eu relevava, até porque fiz isso, mas você foi além da coisa física, entendeu?, não dá pra gente continuar, me devolveria a aliança, diria: vende que vai te ajudar, e subiria o vidro até o topo; eu, então, atordoado, olharia o Land Rover fazer a curva, pensaria nas gradações da indecência, nos limites das fronteiras, nos erros a mais ou a menos, e nos acertos também, por que não?.

Uma buzina longa se soma a outra e ele mexe a cabeça à procura de pontos amarelos, com receio de que o buzinaço tenha seguido para a Praça Cívica. Pensa em sugerir outro caminho enquanto conclui que certas coisas não devem sequer ser imaginadas, a cabeça corre o risco de um dia falhar e tomar a imaginação como fato, anos mais tarde, expondo o que por tanto tempo foi omitido – e é bom fugir das ruas numeradas também, pra não voltar a cogitar quais escritores nova-iorquinos Rebecca leu ou não leu e se Goiânia combina ou não combina com literatura. Perto da esquina da 82 com a 10 – téque-téque ao fundo –, outra buzina o transporta para um acidente – um caminhão de carga vindo de encontro ao Land Rover; ele no hospital recebendo a notícia de que Duda lutou, mas não resistiu; a chefe se aproximando do leito e cochichando em seu ouvido: o que você precisar, qualquer coisa, é só me pedir, tá?, enquanto o marido e os filhos a esperam na recepção do hospital; André trocando a foto das redes sociais por uma imagem escrita: Luto, sobre um fundo preto;

a enfermeira entregando uma barra de chocolate Lindt Dark Mint e um vaso de orquídea roxa enviados por Martim; Juliana contando à Rebecca sobre o acidente e sugerindo: você deveria visitá-lo, vai fazer bem pra ele; será que ela me visitaria?, enviaria uma carta pelo menos?, quem sabe uma enrolada num laço dourado, como aquela, e com uma brincadeira fofinha logo no começo do texto, algo como: Goiânia não combina com literatura e o mundo não combina comigo se você não estiver nele – até que ele sente a camisa grudar no corpo, estufar na região do umbigo, e deduz que a reação física é um sinal de que algo deve ser feito ou dito; é preciso uma espécie de solução de dois estados para que as ambições e traições convivam pacificamente dentro dele, se bem que isso ele não ousa pensar.

Nada vai ser feito ou dito, admite, como se não fosse ele o responsável pelas próprias ações ou como se a falta delas o definisse, pois uma pessoa não é o que ela faz, mas o que deixa de fazer. Só me restam os remédios alopáticos, ele gosta da analogia, como por exemplo indicar uma alternativa ao Google Maps: *vai pela Araguaia que é mais rápido*. Duda reclama do trânsito, *não vai dar*, tenta voltar à pista do meio, alguém grita *cuidado ô retardada* e ela segue na pista da direita, téque-téque para o lado esquerdo dessa vez. Ele insiste, *vai dar*, a camisa gruda mais ainda no corpo, botões esticados ao máximo, e Duda faz a manobra com maestria. O téque-téque desliga e ele tira do console o panfleto do último lançamento da construtora dela, *o ponto alto da sua vida começa aqui, começa agora; 3Q e 4Q (2 ou 3 suítes), 162m² a 189m², a dez passos do Parque Areião*, e gosta do jardim no terraço, da vista permanente para o parque, do elevador privativo, da tomada para veículos elétricos. E gosta de Duda, da postura perfeita, do sorriso que ri o rosto inteiro, das unhas longas cor de azeitona, da aliança na mão que acaba de passar a marcha, *contorna a praça mais um pouco*, aliança que é como o lar em um dos lados de uma pátria dividida, ele ri da frase, sem o menor interesse em anotá-la.

Esta obra foi composta em Stempel Garamond
e impressa em papel pólen bold 90 g/m² para
a Editora Reformatório em maio de 2024.